# 불혹에 산을넘고
## 지천명에 삿갓쓰다

강산해 지음

# 불혹에 산을넘고
# 지천명에 삿갓쓰다

어젯일은 되돌아가 잘못가려 못고치고
내일일은 먼저가서 좋은일로 못고르네

1. 길막은것 없이가도
2. 매일모습 비추어도
3. 병깊은몸 몸무거워
4. 가는세월 야속타고
5. 한쪽길은 발길잦아
6. 지난슬픔 하도커도
7. 저나그네 길멈추고
8. 네놈먼저 길가거라
9. 나랏벼슬 어려우니
10. 발등보다 산낮아도
11. 봄꽃내음 취하도록
12. 한걸음에 가갔으면
13. 유월거든 햇보리쌀
14. 은행잎은 낙엽전에
15. 어린시절 신작롯길
16. 때모르는 삼월눈이
17. 도솔암자 단풍좋아
18. 벼베어낸 그루터기
19. 가을제비 떠나가고
20. 제아무리 바람센들
21. 강물밤낮 산돌아도
22. 푸르던풀 서리맞고
23. 유순하고 무른것이
24. 긴장마에 넘친강물
25. 이리저리 얽힌세상
26. 이걸음끝 알면서도
27. 멀리있는 가족친구
28. 골깊으니 강물세고
29. 찌든삶에 몸가누려
30. 검은구름 한점없이
31. 가던길을 돌려온듯
32. 시끄러운 세상멀미
33. 사흘이별 다지나고
34. 어제처럼 풀잎이슬
35. 살구꽃은 이미져서
36. 쉰을넘긴 세월동안
37. 바위만년 깎였어도
38. 젊은행자 산오른뒤
39. 달천강물 거스르듯
40. 수염길러 땅닿았을
41. 구불구불 강물가니
42. 문장대에 단풍들어
43. 백두줄기 다담아도
44. 국화위에 서리앉자
45. 검은구름 토해내듯
46. 산봉우리 일천바위
47. 어제산을 내려간물
48. 많은나무 병사되고
49. 지천언덕 올라서니
50. 좁다랗게 굽은산길

## 1. 길막은것 없이가도

길막은것 없이가도 구름중천 머뭇섰고
쫓는무리 뒤없어도 바람방향 바꾼다네
앞만보고 걸었어도 지난생은 삐틀하고
당기는것 없이가도 뒤밀리듯 급히가네


## 2. 매일모습 비추어도

매일모습 비추어도 거울저놈 거짓몰라
흰머리칼 가닥줄여 젊은모습 인정없네
일어쩌랴 내발걸음 내리막길 시작됨을
모습조차 못비출날 미끄러져 흐르는데

## 3. 병깊은몸 몸무거워

병깊은몸 몸무거워 바둥대던 만사놓고
병마떼려 질질끌고 강건넛산 들어가네
우리네삶 끝가는곳 알고보면 저어디쯤
저승인듯 이승끝가 올지말지 끝모르네




## 4. 가는세월 야속타고

가는세월 야속타고 놈잡으려 하지마라
덜미잡고 막아서서 멈춰섰을 세월이면
진시황제 만리성안 예전이미 가뒀을것
겹겹첩첩 쌓인산도 놈가두지 못했다네

## 5. 한쪽길은 발길잦아

한쪽길은 발길잦아 밭골처럼 길패이고
다른한길 발길적어 잡초마저 무성하네
저나그네 길멈추고 갈림길에 멈춰서서
앞선사람 길간뒤에 뒷일몰라 길못잡네

## 6. 지난슬픔 하도커도

지난슬픔 하도커도 첫날만큼 눈물없고
기쁜일의 격한박동 달못가서 잠잠하네
어젯일은 되돌아가 잘못가려 못고치고
내일일은 먼저가서 좋은일로 못고르네

## 7. 저나그네 길멈추고

저나그네 길멈추고 한잔하고 가시구려
그길내길 알고보면 둘다한곳 가는것을
이길끝가 흙속누워 빗물넘쳐 날궂어도
평생먹던 술그립다 주막나와 한잔할까

## 8. 네놈먼저 길가거라

네놈먼저 길가거라 세월네놈 급하거든
세상살이 네멋대로 급히앞길 재촉하니
쉼없는길 나예앉아 혼술한잔 하고가마
이몸술깨 길묻거든 젊은날로 일러다오

## 9. 나랏벼슬 어려우니

나랏벼슬 어려우니 내집일만 걱정하고
젊은시절 돈부러움 나이익어 뜻바뀌네
약해진몸 앞일몰라 술잔버려 염려하니
술없으니 잦던술벗 발길접어 길잊었네

## 10. 발등보다 산낮아도

발등보다 산낮아도 강물산을 넘지않고
높고크게 솟은산은 가는강물 밟지않네
급히구름 흘러가도 중천태양 깨지않고
태양붉게 다태워도 저녁서산 연기없네

## 11. 봄꽃내음 취하도록

봄꽃내음 취하도록 이산저산 가득하니
꽃길걸어 가고픈곳 봄내가도 다못가네
어느봄산 더좋으냐 그대쉬이 묻지말게
새잎돋는 봄동산은 그대안은 아기라네




## 12. 한걸음에 가잤으면

한걸음에 가잤으면 널따르지 않았을걸
무정세월 젊던나를 반백발로 끌고왔네
하루자고 한발떼어 한날인듯 옮겨서니
눈치없어 방심한일 못고칠일 한이되네

## 13. 유월거든 햇보리쌀

유월거둔 햇보리쌀 이듬봄전 동이나도
우리사는 고생살이 늙은날도 동이없네
오늘가면 밝은내일 아침올듯 기대커도
시린발로 오늘섰다 젖은채로 떠나가네

## 14. 은행잎은 낙엽전에

은행잎은 낙엽전에 부채되어 바람내고
늘푸른솔 푸르러도 바늘같은 잎은지네
올가을도 무리지어 앞산넘는 저기러기
저무리들 갈길가나 계절피해 쫓기는가

## 23. 유순하고 무른것이

유순하고 무른것이 만물중에 물이라고
칼도창도 아닌것에 경계접어 무심하네
밤낮개울 물지나고 정소리도 없던날이
집채바위 속을뚫어 휘휘돌아 무리잇네


## 24. 긴장마에 넘친강물

긴장마에 넘친강물 나루끝에 배묶으니
사공모를 내발걸음 저놈배만 알다잇네
집나온지 여러날에 내집개도 저배같아
헛걸음에 돌아간이 혼자알다 지우겠네

## 25. 이리저리 얽힌세상

이리저리 얽힌세상 이길저길 다많으니
요길조길 달리잡아 젊은날에 흩어졌네
인간사가 한계곡에 엉켜가는 물결같아
흘러쓸려 멍든몸들 담기는곳 한곳일세

## 26. 이걸음끝 알면서도

이걸음끝 알면서도 세월몰이 못도망쳐
많은사람 휩쓸려서 살며든길 그냥왔네
다른듯이 같이와서 누운자리 한곳이라
떠난사람 어이없이 이산속에 다누웠네

## 35. 살구꽃은 이미져서

살구꽃은 이미져서 내고향땅 더그리워
언덕배기 종일서서 고향길쪽 내려보네
이산저산 꽃시들면 이곳봄도 또가는데
고향지난 바람와도 고향안부 빠져있네


## 36. 쉰을넘긴 세월동안

쉰을넘긴 세월동안 속세티끌 밟았으니
물로씻어 못지우니 골깊은곳 찾아드네
절벽장송 위태로이 매달린듯 누웠어도
세속처럼 나좋은곳 자리시비 다툼없네

## 37. 바위만년 깎였어도

바위만년 깎였어도 앉은자리 물림없고
물은천년 산나가도 담겼던곳 표시없네
일백년을 살다가도 내일한번 발못딛고
고단하게 머문오늘 이제쉬러 갈뿐이네

## 38. 젊은행자 산오른뒤

젊은행자 산오른뒤 내려오지 않았으니
골짜기를 돌고돌아 길없는산 나오르네
산봉우리 끝에가니 스님한분 계시는데
인간세상 헤어짐은 오래전일 됐다하네

## 39. 달천강물 거스르듯

달천강물 거스르듯 산을따라 빙빙돌고
사람들은 계곡깊어 물길따라 빙빙도네
강물따라 하류가면 넓은강물 평온해도
좁던강물 바다같아 배없으니 섬이되네


## 40. 수염길러 땅닿았을

수염길러 땅닿았을 지천명을 살았으나
나랏벼슬 신통잖아 오가는벗 날로적네
저녁익은 하늘보고 내일날씨 점을치나
늙은날의 이내모습 무엇으로 점치는가

## 41. 구불구불 강물가니

구불구불 강물가니 굽은느티 내려보고
늙은정자 느티기대 그늘밑에 나른하네
편액걸은 옛사람들 글지은뒤 어디갔나
그글소리 읊는듯해 매미울음 쫓지않네

## 42. 문장대에 단풍들어

문장대에 단풍들어 매해마다 산은늙고
지는잎과 오는철새 엇갈려서 하늘나네
올겨울도 달천얼어 한해끝에 멈춰서니
떠난님을 더못잊어 눈소리에 아려오네

## 43. 백두줄기 다담아도

백두줄기 다담아도 좁지않던 내가슴은
내님하나 뽑아지니 다뽑은듯 빈터남고
세상물길 다담아도 넘지않던 내가슴은
한잔넘긴 이별주에 넘쳐눈물 쏟아지네


## 44. 국화위에 서리앉자

국화위에 서리앉자 가을급히 떠나가고
중천해는 바삐걸어 처마밑은 이내검네
갈기러기 저녁하늘 연년이어 산넘으니
소리없이 계절감이 잡지못할 기러긴가

## 45. 검은구름 토해내듯

검은구름 토해내듯 머금은물 쏟아내나
저높은산 물품고도 한번다해 털지않네
바닥비워 한날쓰면 내일것이 없는것을
저앞뒷산 어찌알고 젖먹이듯 흘리는가

## 46. 산봉우리 일천바위

산봉우리 일천바위 용봉산의 비늘되니
구름바람 날카로워 쉬이앉지 못해가네
평생한번 탐한물건 내가져도 죄없다면
주머니속 용봉넣어 내사는곳 꺼내려네

## 47. 어제산을 내려간물

어제산을 내려간물 오늘저녁 강지나고
오늘바위 솟는물은 내일아침 산나가네
먼바다에 이른물은 언제산을 나왔는가
세상흘러 떠나온지 아득하여 쉰넘었네

## 48. 많은나무 병사되고

많은나무 병사되고 검은바위 말이되어
만병천마 날따르니 산중하루 적이없네
해는지고 어둠오니 많던병마 사라지고
낮에병사 달빛흐려 아군적군 분별없네

## 49. 지천언덕 올라서니

지천언덕 올라서니 어깨짐은 더해늘고
예순고개 더가까워 희미하나 멀지않네
지친걸음 피곤하니 한숨돌려 가자하나
굵어지는 가을비에 몸은젖어 무거웁네

## 50. 좁다랗게 굽은산길

좁다랗게 굽은산길 사흘긴눈 내리더니
집채바위 어디가고 큰물소리 죽었는가
겨울내내 눈덮혀서 갈론구곡 차가우니
명년삼월 봄지날때 식은몸도 깨우련가

## 51. 봄날꽃이 꺾어지면

봄날꽃이 꺾어지면 가을열매 없는것을
등젖은채 키운공을 가벼이도 여기었네
내우쭐한 어리석음 혼자큰듯 게으르니
대추처럼 늙은뒤에 보약쓴들 무엇하리


## 52. 옛님들이 살던강산

옛님들이 살던강산 오늘이어 내가사니
계곡바위 글귀새긴 옛사람은 어딨는가
천년흘러 나간물은 역사인줄 알았던가
무릉반석 어찌알아 물로씻지 않았던가

## 53. 내어머니 흐려진눈

내어머니 흐려진눈 어이닦아 밝게하고
넝쿨처럼 굽은허리 어이세워 곧게펴나
흐려지고 굽은허리 의원조차 길모르니
모든것이 세월의짓 놈을잡아 죄물으리

## 54. 어린아이 버릇이면

어린아이 버릇이면 떼를쓰는 엄살이나
쇠한노모 흰쌀밥을 모래같다 피하시네
목화이불 가벼워도 바위처럼 버거웁고
나날이더 마르시니 살진고기 소용없네

## 55. 살아실제 섬김일랑

살아실제 섬김일랑 다하여라 일렀으되
노모모습 어제같아 내일또한 의심없네
하룻밤새 머리희고 등은굽어 누우시니
옛님들이 당해한말 왜말믿지 않았던가




## 56. 익은듯이 뜨거웠던

익은듯이 뜨거웠던 여름볕의 저바위도
짧은해에 온기잃고 찬바람에 식어지네
삼복더위 땀도없던 늙은부모 식은몸에
삼한추위 찬바람은 앞길벼른 맹수같네

## 57. 쌀보리밥 모래같고

쌀보리밥 모래같고 나물억세 가리시니
여든넘긴 쇠한기력 녹아내릴 얼음같네
이저저것 가려빼고 드시는것 물뿐이니
이밤지나 내일아침 맹물인들 넘기실까

## 58. 사는고을 다달라도

사는고을 다달라도 세상번잡 다같으니
이골저골 헤맨시절 한가로움 없었다네
우리네삶 산밑돌다 구석진곳 잠드는것
아침해도 식은몸을 다시데움 못하리니

## 59. 자작나무 소리없이

자작나무 소리없이 뼈만남겨 잎이지니
급히산을 내려가면 가을꼬리 잡으련가
낮과밤의 번갈음이 계절보낼 순서되니
관군처럼 닥칠겨울 철새가듯 가을가네


## 60. 호수위에 잎이진듯

호수위에 잎이진듯 가창오리 떠다니다
다시먼길 날아갈듯 저녁비상 하늘덮네
물결죽고 눈덮히면 저발길도 떠날것을
묶인배만 겨우내내 늙은사공 기다리네

## 61. 무성한잎 훌훌털어

무성한잎 홀홀털어 늙은고목 비우는데
쉰을넘긴 세월로도 세간들여 더쌓았네
가져갈것 아니거늘 어리석은 인간사는
욕심하나 뽑지못해 부질없는 혼적남네

## 62. 땀과눈물 담긴칸은

땀과눈물 담긴칸은 이몸속에 어디던가
쓴맛참고 눈물눌러 몸속한칸 가둬두네
삶의고락 힘에겨워 너덜해진 성턴내몸
고된날에 흘린한땀 말라들자 생끝나네

## 63. 저기가는 저여인네

저기가는 저여인네 이내몫이 아닌것을
걸음멈춰 몸섰으나 눈길따라 뒤를쫓네
남모르게 모습훔쳐 마음잠시 넣었으니
뉘알까봐 자세고쳐 점잖은체 시침떼네


## 64. 송곳같은 겨울바람

송곳같은 겨울바람 밤새문틈 찔러들고
구들장의 저녁온기 장작타고 이내식네
솜이불이 두터워도 온기새벽 못이르니
님이없어 이불한겹 더내려서 맘덮는다

## 65. 마흔다섯 내아버지

마흔다섯 내아버지 분한나이 가신뒤에
쉬흔넘긴 형모습에 아비모습 들어있네
꿈에서도 보지못한 아버지의 늙은모습
꿈없이도 형에게서 살으신듯 만나뵙네

## 66. 산등성엔 구름가고

산등성엔 구름가고 해도지쳐 기우는데
낮에갔던 자국지워 검은저녁 덮어오네
게으른몸 젊은날을 낮잠으로 깨고나니
깨지못할 끝없는잠 이어닥쳐 덮쳐오네

## 67. 시월오니 푸르던잎

시월오니 푸르던잎 꽃이되는 단풍때라
산수풍경 이좋은때 그대어디 보내는가
지는저잎 바닥전엔 산나가지 않으려니
신선중에 검은머리 이산안에 누구던가


## 68. 살며만난 인연중에

살며만난 인연중에 특별히더 가까웠던
님과인연 다하였다 하루아침 이별왔네
늙는이몸 님을돌려 다시만날 시간없어
매일매일 술병차고 쓸쓸하게 날이가네

## 69. 산에핀꽃 산에지고

산에핀꽃 산에지고 들에난꽃 들지는데
삶에쓸려 떠밀려온 타관객지 예어딘가
고향땅엔 흰구름만 먼저보내 미뤄놓고
낯선타향 이름없이 질긴잡초 살다지네

## 70. 구름덮힌 노고단길

구름덮힌 노고단길 봉우리끝 어디갔나
세상인듯 하늘인듯 열에아홉 이럴진데
자연의뜻 어찌알아 좋은날로 골라설까
이산머리 하늘두니 맘짐작만 그려가네

## 71. 아침에도 마을사람

아침에도 마을사람 꿈을쫓아 떠났지만
먼저갔던 마을사람 객지세상 물어뜯어
관에실려 곡을하며 당산나무 돌아오네
가눕는곳 저골짜기 다행히도 고향한쪽


## 72. 불혹넘겨 가신아비

불혹넘겨 가신아비 어제인듯 옛날이나
세월위를 탕탕튀며 이내몸도 불혹왔네
이리가득 맘담긴것 출렁되는 그젊은날
분한마음 어찌눌러 마실닫고 가셨을까

## 73. 밤새흰눈 내려덮어

밤새흰눈 내려덮어 다니던길 지워지고
이른새벽 앞서가니 걸음마다 두려워라
한발한발 찍힌자국 날밝으면 앞길되어
남내간길 입에담아 말많으면 내어쩌리

## 74. 저기고목 관이되어

저기고목 관이되어 나담으려 벼른다지
지팡이로 살아생전 먼저내벗 어떠한가
나죽은뒤 누울곳은 남은이들 몫이려니
벼랑절벽 버려진들 등배겨서 못누우랴

## 75. 시든몸은 병깊으니

시든몸은 병깊으니 세상사가 편치않아
이승보다 저승앞에 하루하루 다가가네
내어머니 삼베수의 입을날을 경계하니
문안인사 걸음조차 그들인가 두려웁네

## 76. 지는낙엽 찬겨울속

지는낙엽 찬겨울속 가서쉴곳 어디던가
올기러기 산넘으니 찬바람에 가을지네
짐작못할 검은벼랑 저항없이 실려가니
승객으로 가는인생 방향조차 틀수없네

## 77. 이타향도 누군가엔

이타향도 누군가엔 늘그리운 고향이니
예그리는 그사람도 고향그려 병되겠네
밤잠마다 꿈길걸어 고향생각 산을넘어
나중갈길 안잊으려 길들이는 버릇이네

## 78. 한강지류 거스르면

한강지류 거스르면 충주지나 괴산인데
고향산천 달천강물 양수리로 흘러왔네
저뱃사람 유람인가 고향가는 귀향인가
언덕올라 가는배들 고향가나 물어보네

## 79. 술기올라 몸밖으로

술기올라 몸밖으로 고인시름 던져내도
마취같던 술기풀려 퍼낸시름 되고이네
청소한번 못하고서 젖은채로 담고가니
살며근심 못말리고 근심썩어 가져가네


## 80. 삶의상처 눈물되어

삶의상처 눈물되어 움푹패인 웅덩이에
젊은날엔 벗과앉아 쓴술부어 메웠었네
부은술도 자고나면 남는벗은 아닌것을
이젠내벗 아니오고 술만혼자 왔다가네

## 81. 그젯일의 흡족함은

그젯일의 흡족함은 오늘까지 달지않고
방금지난 어제일도 다시당겨 못고치네
내일해를 밤에불러 오늘두번 못띄우니
오늘끝에 붙은내일 가려해도 도로오늘


## 82. 한나절을 산돌아서

한나절을 산돌아서 구름속에 올라있네
묏봉우리 가물가물 겹겹이어 저많은데
이한봉만 헉헉대며 일생동안 겨우올라
이봉저봉 다오른듯 말하는게 인생인가

## 83. 남사는일 무관심해

남사는일 무관심해 허물트집 구설없고
세상곳곳 다돌아도 낯선경계 하지않네
어제산위 지난구름 오늘어디 가있는가
구름처럼 지난마을 나궁금해 말들할까




## 84. 늙은고목 잎이지니

늙은고목 잎이지니 산골마을 가을닫고
당산고목 서낭당은 눈에젖어 차가워라
털지않은 고욤나무 동네아이 긴매맞고
초가지붕 긴고드름 아이입에 장대녹네

## 85. 사월팔일 속리법주

사월팔일 속리법주 모인걸음 시끄러워
풍경소리 발길묻혀 산고요함 사라졌네
사는앞일 알지못해 어느곳서 급히달려
한날와서 속세번잡 예다놓고 흩어지나


## 86. 서리내린 백발머리

서리내린 백발머리 팔순고개 넘기시니
내손잡고 남은한손 저승잡이 손잡았네
매밤마다 손놓칠까 잠못이뤄 경계하나
가던길을 돌려온듯 아침기침 늦으시네

## 87. 술잔으로 물을퍼내

술잔으로 물을퍼내 천지바닥 알수없듯
그대마음 창없으니 울산바위 속봄같네
두었던맘 놓는일은 텅빈자리 만듦같아
태산옮긴 빈자리에 다시천길 파냄같네


## 88. 마을돌아 가는강물

마을돌아 가는강물 흘러간곳 바다지만
산넘어간 안개구름 고인자리 어디던가
오늘아침 산뒤에서 올라오는 저안개는
간밤사이 산뒤동네 자고깨난 구름인가

## 89. 봄꽃지고 오월태양

봄꽃지고 오월태양 단양땅을 달구는데
소백끝은 이제서야 머리녹음 이려하네
시인어찌 저산아래 봄꽃만을 시짓는가
잎우수수 가을질때 이녹음이 더아픈데


## 90. 용봉이라 명산속에

용봉이라 명산속에 용의비늘 몇개던가
안갯속에 숨은비늘 헷갈려서 다시세고
호수물결 비친바위 둘로깨져 곱이되니
어림하여 몇개였나 짐작마저 가물하네

## 91. 새벽닭이 길게우니

새벽닭이 길게우니 어둠걷혀 환해지고
산사종은 새벽깨워 산뒤해는 다시뜨네
아침잠을 못이기고 누운채로 방문여니
가을바람 시원하니 빈술병이 부끄럽네




## 92. 충청도땅 산틈사이

충청도땅 산틈사이 작은호수 다많으나
청풍땅엔 크게떠낸 바다조각 옮겨있네
물길깊어 산봉우리 돌섬으로 띄웠으니
구담옥순 산허리에 새스치듯 배지나네

## 93. 많던생각 밤비에도

많던생각 밤비에도 시가되지 못한터에
바람먼저 풍경울려 둥근시가 떨어지네
세상사람 먼데있어 듣는소리 혼자이니
풍경소리 잠이들면 밤빗소리 더커지네

## 94. 세상사람 출세하려

세상사람 출세하려 서울길만 찾아묻네
나예보다 더한산속 물어깊이 들고싶네
온산활활 불붙었다 눈덮어서 불꺾인뒤
새봄초록 심는소리 잡음없이 들으려네

## 95. 단양소백 산뜨겁고

단양소백 산뜨겁고 팔월강물 끓어올라
삼봉바위 군밤같고 모래달아 조밥같네
어느산에 검은구름 머물러서 걸려있나
바람적어 못식히니 계절미리 못당기나




## 96. 아기같은 새잎돋고

아기같은 새잎돋고 사월바람 시원한데
맺힌땀을 떨어가며 힘겨웁게 산오르네
헉헉대는 힘에겨움 숨막을듯 올라오니
속리문장 하늘같아 갈지말지 그끝높네

## 97. 주인없는 청산이라

주인없는 청산이라 내집대문 드나들듯
습관처럼 평생올라 내것처럼 익숙하네
희노애락 번갈았던 한번세월 긴시간도
산에게는 내인생이 피곤보탠 하루였네

## 98. 긴겨울이 지나가고

긴겨울이 지나가고 봄은새로 돌아와서
텅빈산은 우거지고 새소리는 가득차네
님을잃은 마음병에 나누운지 오래되어
한사람이 떠난뒤에 남은길은 쓸쓸하네

## 99. 입동되니 들짐승들

입동되니 들짐승들 토굴파서 동면들고
장작지핀 마을굴뚝 담배처럼 연기뿜네
저녁새는 무슨일로 추운날에 먼길날아
들판질러 나락줍길 봄김매듯 휘젓는가




## 100. 매일저녁 밤은오나

매일저녁 밤은오나 날마다꿈 오지않고
어쩌다가 꿈은오나 님은내려 빈꿈오네
꿈속들은 님소식은 깨고나면 지워지고
인편들은 님소식은 아흔아홉 풍문되네

## 101. 넓은세상 한쪽구석

넓은세상 한쪽구석 남모르게 살다가니
살며알던 만남적어 이별악수 수적어라
오던날은 기억없고 나가는날 알지못해
삶의끝을 누구라서 알고맞춰 뜻접으리


## 102. 산내려와 천리길을

산내려와 천리길을 굽이가는 저강물도
무거운배 내려놓고 겨울한숨 쉬어가네
살얼음위 지름길로 질러가는 저사람아
물길속도 모르는채 수레마저 더하는가

## 103. 젊은날에 시장나가

젊은날에 시장나가 번잡세상 종일돌다
늙은저녁 삶두려워 물조용한 산수찾네
이몸쓸곳 많았건만 생각만이 부산하여
이골저골 잠시뒀다 겉만돌다 거둬가네


## 104. 양평용문 은행나무

양평용문 은행나무 세월나이 아름크니
수만개잎 훌훌져서 가을파편 흩어지네
세상걸어 오십해에 일만날을 넘겼으나
지난세월 하루하루 저잎처럼 져서갔네

## 105. 울창한숲 겉푸르나

울창한숲 겉푸르나 안에들면 모습달라
병들었다 가망없다 간벌꾼들 잘라솎네
세상사는 우리네삶 알고보면 나무같아
매일마다 내려보고 하늘뽑아 솎아내네

## 106. 구담옥순 바위절벽

구담옥순 바위절벽 고기사는 집이되니
급히가던 물길멈춰 담길줄을 알았으랴
농한기의 농부낚시 이계절은 어부되고
배는떠서 흘러가나 두보이백 어디갔나

## 107. 무주적상 산오르니

무주적상 산오르니 산봉우리 비에씻겨
만개부채 산그리메 겹겹이어 펼쳐있네
멀리북쪽 어느산틈 작은내집 있으련만
나사는골 저리첩첩 산두룬줄 몰랐었네


## 108. 설악허리 안개감싸

설악허리 안개감싸 그끝머리 알수없고
파도세게 바위뜯어 낙산의상 출렁이네
하조대에 섰는사람 흐린날엔 도인같고
고기잡는 저뱃사람 용궁나온 신하같네

## 109. 밤달빛을 가린구름

밤달빛을 가린구름 시간가면 흘러가고
달중앙에 걸린가지 옮겨서면 달만남네
물가르며 지난자리 배지나면 아물어도
만물다시 봄에와도 떠난님은 소식없네

## 110. 한말술을 다마시면

한말술을 다마시면 이내생각 느슨하여
이술기운 깨지않고 겨우긴밤 지나가네
날이새니 잠은깨고 술도깨서 달아나니
어디부터 님의모습 다시잊기 시작하나

## 111. 꿈속내님 못되게와

꿈속내님 못되게와 독한술잔 권해놓고
남남으로 되돌아갈 이별주라 엄포하네
그서운함 꿈결이야 님의본뜻 아닌것을
꿈에님도 님이시라 생시흉내 두려웁네




## 112. 이끼푸른 기와위에

이끼푸른 기와위에 낙엽썩어 풀자라니
산수풍광 옛날같되 늙은정자 초라하네
제월대앞 강물가나 옛날처럼 배는없고
시절마다 나와울던 옛사람들 그리워라

## 113. 술병속에 달있으매

술병속에 달있으매 달꺼내려 술마시니
술병달은 안나오고 떠나보낸 님나오네
술잔위에 아른하게 님얼굴만 가득담겨
아프게도 잊어온날 다시첫날 시작되네

## 114. 남이써도 내것이라

남이써도 내것이라 불려질때 좋던이름
세상인연 문닫으니 사는동안 내것일세
돌쪼아서 새긴비석 문패처럼 세웠어도
봉분지고 발길끊겨 그대이름 호명없네

## 115. 하늘닿은 만항재에

하늘닿은 만항재에 숨결가빠 앉았으니
하늘농부 있으련가 쟁기소리 들리련가
쫑끗세워 귀를대나 내목소리 산밑멀듯
훗날갈곳 단한소리 미리들어 알수없네

## 116. 틈새없이 나무빽빽

틈새없이 나무빽빽 저산속에 박혔어도
바람좋고 볕든자리 욕심부려 탐을않네
운명제방 넘으려다 계곡돌은 몸둥굴고
우리네삶 서로쓸려 아우성만 요란하네

## 117. 지친내몸 시신처럼

지친내몸 시신처럼 마당평상 누웠으니
천장같은 밤하늘은 무덤덮은 뚜껑같네
세상등빛 무덤속에 별빛처럼 새들어도
고단했던 낮일모두 전생처럼 내려놓네

## 118. 노곤함에 외투벗고

노곤함에 외투벗고 스르르륵 봄잠들어
누운자리 인적뜸해 죽음처럼 깨질않네
죽음내게 이르기를 졸음오듯 이리들면
세상놓는 일무서워 익은나이 두려우랴

## 119. 병은술을 토해내야

병은술을 토해내야 울렁거림 멈칫하고
나독하게 술부어야 삶의멀미 멈칫하네
세상상처 넘긴술로 약이되나 기운짧아
새벽전에 세상칼날 다시갈아 들이대네


## 120. 영월이라 하동땅에

영월이라 하동땅에 방랑멈춰 누운난고
발길끊긴 깊은골에 누운자리 쓸쓸하네
말말마다 시였으나 방랑멈춰 입닫으니
그대소식 집을가듯 마포천물 한양가네

## 121. 쓰던삿갓 어디가고

쓰던삿갓 어디가고 무덤봉분 갓이됐나
함께돌던 죽장벗은 주인잃고 어딜도나
조선팔도 돌았으나 세상갓속 그대몰라
지은시는 허공속에 말로전해 남아있네

## 122. 첩첩산은 날저물고

첩첩산은 날저물고 서산해는 기우는데
단풍철은 이미끝나 저녁놀만 붉게타네
큰기러기 울음소리 텅빈산에 소리크고
꿈없으니 님도없어 산혜맨듯 나지쳤네

## 123. 일천겹산 지나와서

일천겹산 지나와서 담양대숲 도착하니
바람날린 오동잎은 깃발처럼 걸려있네
초록대는 빗줄기로 밤낮없이 쏟아져도
관방재림 물길에는 강물불지 않는구나


## 124. 그대버린 야속세상

그대버린 야속세상 길어긋나 패인상처
산을돌고 고을돌아 삿갓으로 말남겼네
방랑시인 병연이요 난고또한 그대인데
갓속머리 백발되어 쓰던삿갓 이름됐네

## 125. 높은산을 나온물은

높은산을 나온물은 그이로움 약과같아
좋은물맛 술맛더해 약술빗어 몸살피네
우리네삶 사는절반 술로기분 만들거니
사는고통 절반덜어 술기운에 잊다가네

## 126. 부러질듯 가늘어도

부러질듯 가늘어도 소반다리 곧게서나
손지팡이 더하여도 노모다리 가는셋뿐
벼랑끝의 낙랑장송 바람알고 누웠으나
세월덜컹 흔들림에 쇠한기력 어찌할고

## 127. 밝은낮빛 창호지나

밝은낮빛 창호지나 달빛처럼 은은하고
문틀휘어 벌어진틈 바람소리 드나드네
아귀맞혀 다시짜면 빛과소리 다막으니
볕죽이고 바람닫아 자연멀리 닫지않네

## 128. 구름흘러 닳았는가

구름흘러 닳았는가 바람영겁 깎았는가
멀리보면 붓끝이요 올라보면 송곳일세
마이산봉 뽑아올려 가는구름 종이삼아
금강물을 눌러찍어 마음한켠 적어보리

## 129. 십수년을 만난인연

십수년을 만난인연 하루아침 멈춰서니
우연으로 못만나면 다시볼일 없어우네
봄은와서 꽃피워도 맘속겨울 눈내리니
평생의병 갖고살다 눈감는날 눈그치리


## 130. 옛기억은 아득하고

옛기억은 아득하고 어젯일도 희미하니
다지나온 이승인가 닥친저승 입구던가
무당찾아 일물어도 길모르고 앞모르네
밤새구름 앞산오니 팔순노모 급히타네

## 131. 옷한벌로 삿갓쓰고

옷한벌로 삿갓쓰고 짚신신고 길떠도니
죽장밑에 찍힌점은 팔도깔린 자갈수요
대지팡이 기둥되고 내려쓴갓 지붕되도
일어쩌랴 비피해도 백발몸속 있었음을


## 132. 봄산가득 만개한꽃

봄산가득 만개한꽃 그화려함 눈길잡고
향기풀어 바람타니 발길마저 당겨묶네
여보게들 꽃만좋고 어린잎은 왜모르나
천지붉은 가을꽃은 외면하던 봄잎일세

## 133. 지체높던 정승님은

지체높던 정승님은 태산보다 자리높아
세상닫고 누웠어도 밤새줄서 사람찾네
이몸가면 사흘못가 짧은눈물 다마르고
자리치워 없었던듯 어제처럼 또가겠지

## 134. 긴가뭄에 논밭말라

긴가뭄에 논밭말라 강물줄기 사라지고
흥겨웁던 사공노래 뱃길끊겨 멈추었네
그사나운 강물에도 겁모르던 나룻배는
배깔고서 엎드린채 가던길을 잊고있네

## 135. 소문예전 들었으나

소문예전 들었으나 하루놓기 어려우니
쉰가까운 늦은날에 가을청량 올라서네
낙동큰물 감고도나 불길타서 뜨거우니
저불길에 살데인들 이산어찌 아니들랴




## 136. 타관객지 헤매사니

타관객지 헤매사니 꿈속고향 다녀와도
흰구름떠 갈때마다 고향짐작 앞서가네
때되고향 찾아가듯 철새년년 산넘어도
고향산천 날그려도 저놈가도 난못가네

## 137. 가고오는 인간사야

가고오는 인간사야 잎이지듯 이어지나
제비먼길 서두르니 지는계절 쓸쓸하네
얼음길에 발묶였다 나간강배 봄날오니
기러기와 가까워도 먼여행에 낯가리네

## 138. 삼복더위 땡볕에도

삼복더위 땡볕에도 데지않던 푸르던잎
불길없는 가을날에 비명없이 온몸타네
이계절끝 어느곳서 그대슬퍼 하시는가
쏟아지는 시린이별 받아내며 비탈섰나

## 139. 잎이져서 쌓인계곡

잎이져서 쌓인계곡 물길소리 숨이죽고
기러기떼 계절끌고 높이떠서 날아가네
심산속에 갇혔으니 눈내리는 소리크고
누운황소 솜털처럼 긴낙엽송 흔들리네




## 140. 봄볕에는 흰눈녹고

봄볕에는 흰눈녹고 머릿눈은 흙속녹아
슬기새벽 달아나도 시든몸엔 새봄없네
그대오해 마시게나 서산해는 아침오나
생은어쩜 저녁일이 알고보면 끝이었네

## 141. 어린옛날 놀던지기

어린옛날 놀던지기 소식없이 오십넘겨
커서한곳 살자던꿈 글러지고 말았다네
고향약초 살펴본들 기억잊어 부초같아
그벗혹시 스쳐지나 보고서도 몰랐을까


## 142. 시를읊던 젊은날은

시를읊던 젊은날은 잠깐들던 빛과같고
급히흐른 불혹지천 뜨겁던날 해는지네
생각없던 먼훗날일 어이없이 오늘되니
시든몸은 한해살이 초록잃은 풀과같네

## 143. 물가두지 않았어도

물가두지 않았어도 고기계곡 가득하고
죽은이끼 장맛비에 푸른빛깔 다시찾네
배는떠서 수레처럼 잠영산을 타고넘고
정방스님 암자두고 하루속세 내려왔네


## 144. 다한생은 고치처럼

다한생은 고치처럼 관을짜서 산에들고
저소나무 고목되면 관짜려고 산나오네
한종지물 옹달샘은 긴강물되 먼길가고
우리생은 들판돌다 산들어가 끝을덮네

## 145. 마지막비 언제였나

마지막비 언제였나 나룻배는 멈췄어도
서쪽하늘 드는구름 비는두고 그냥왔네
괴산고향 기억하면 달래강물 흐르건만
같은하늘 거기인들 물결살아 흘러갈까


## 146. 산막이길 달천강에

산막이길 달천강에 배를띄운 저사람들
강건너기 위함인가 유람관광 위함인가
천장봉위 서서보면 작은쪽배 잎새되어
바람탓에 맥못추듯 인생처럼 쓸려가네

## 147. 뇌졸중에 말을잃고

뇌졸중에 말을잃고 다리굳어 못떼시니
마음조차 굳어지고 허수아비 다름없네
염려인가 때가오나 어제와도 기력달라
내려보던 하늘뜻은 여든다섯 알고있나




## 148. 수해못간 내고향이

수해못간 내고향이 산천들고 꿈속오나
옛동무는 어디가고 놀던동산 홀로왔네
산은높고 강물흘러 그옛모습 그대론데
꿈을깨니 남은잔상 안타까이 지워지네

## 149. 심장굳어 멈춰선듯

심장굳어 멈춰선듯 바위식어 온기없고
껍질처럼 덮은얼음 괴산호수 너울없네
저녁빛은 꼬리짧아 대문밖에 행인없고
밤을새워 뿌린눈은 내일갈길 지워덮네

## 150. 타게두게 타게두게

타게두게 타게두게 불붙은산 타게두게
이산저산 다태워도 재는남지 않는다네
그대안달 다태워도 뜨겁지는 않으리니
휑하여진 이산속에 시인하나 남겠구려

## 151. 비바람은 고산정자

비바람은 고산정자 기와들어 들썩이고
무성해진 갈대무리 물결처럼 눕다서네
능수버들 방향없이 긴머릿결 찰랑이니
태풍온다 해는숨고 천둥벼락 앞서오네


## 152. 산수풍광 옛날같고

산수풍광 옛날같고 걸린편액 낯걸은듯
세월가도 걸린모습 옛그대로 한결같네
시를지어 한수읊던 옛풍경은 가고없고
고산정에 부는바람 가을저녁 홀로섰네

## 153. 새는연못 떼지었다

새는연못 떼지었다 저녁하늘 흩어지고
몰려왔던 시장사람 왔던길로 돌아가네
고단한몸 뻣뻣해도 아침다시 녹여나와
이한가지 되풀이로 생은닳아 끝이나네

## 154. 나이알고 병은오니

나이알고 병은오니 봄꽃보다 지기쉽고
머릿결은 윤기잃고 망초처럼 뽑혀지네
늙은허물 껍질벗어 아이모습 못돌리니
생은때되 시들으니 남은옛님 오늘없네

## 155. 고기잠깨 물휘젖고

고기잠깨 물휘젖고 얼었던강 다시가니
도화붉은 꽃피우려 피올리듯 가지붉네
정한날에 못간철새 먼길급히 채촉하니
봄꽃전에 가는이별 괴산호는 부산하네


## 156. 끊일듯이 이을듯이

끊일듯이 이을듯이 매미소리 작아지고
뜨거웠던 농삿일은 들판달아 열매익네
계절가는 턱에앉아 나는가을 시를쓰고
산꼭대기 익은단풍 들판흘러 계절넘네

## 157. 공림사찰 느티늙어

공림사찰 느티늙어 묵은나이 알길없고
이끼덮은 돌탑나이 스님조차 모른다네
젊어자연 저버리다 늙어속세 등져와서
풍경소리 예전날아 가지않는 새와같네

## 158. 끝깊은산 올라보세

골깊은산 올라보세 저저리도 훨훨타니
홍엽불속 이몸타도 어찌그냥 참겠는가
봄꽃가득 요란할때 오늘이날 몰랐으니
내년새싹 돋을때는 자시보아 반기려네

## 159. 사는동안 약속없어

사는동안 약속없어 님은다시 아니와도
내생애에 그대생각 끝낼수가 없음아네
선잠으로 밤길어도 해마다한 못삭이고
세상살이 오래해도 눈물뿌려 날채우네


## 160. 젊은여자 가슴처럼

젊은여자 가슴처럼 봉긋솟아 높을때는
맘에품은 여자찾듯 자식새끼 빈번하네
봉분슬어 모양잃고 주저앉아 시들으니
홍깨진듯 찾지않아 부모섬김 오늘없네

## 161. 어제종일 우리부모

어제종일 우리부모 앞서걸며 나를끌고
넬아침은 내자식이 걸음앞서 나설테니
오늘종일 비가와도 앞선걸음 내차례라
무거운짐 더해느니 지천명쯤 고개넘네

## 162. 백년묵은 푸른솔은

백년묵은 푸른솔은 아름되도 거만않고
굽은솔은 벼랑누워 떨어지는 해를받네
절벽끝의 고산정자 무서움에 솔기대니
길나그네 머물다가 시를놓고 흘러가네

## 163. 여름내내 달군바위

여름내내 달군바위 가을끝에 싸늘하고
낙엽져서 물막으니 계곡소리 숨이죽네
떨어져간 많은날들 지천명에 도착하니
남은계절 벗은듯해 눈계절속 어이갈까

## 164. 겨울바람 흰눈쓸어

겨울바람 흰눈쓸어 담장끝에 쌓아두니
길가는이 발길줄어 저녁전에 뜸해지네
나그네여 그대갈길 고향멀리 두었다면
행여밤길 재촉말고 내집장작 더넣으리

## 165. 소식끊긴 고향친구

소식끊긴 고향친구 그아내를 만나듣고
무덤앞에 술잔으로 지난시절 해후하네
고픈술을 삼키듯이 봉분속에 술스며도
뒷산한쪽 이른귀향 분하여도 못깨우네

## 166. 상천마을 바람차고

상천마을 바람차고 거뭇거뭇 어두운데
금수산은 큰함박눈 능강계곡 휘뿌리네
저녁나절 산오른이 발자국은 순간덮혀
하늘같은 정방사길 새벽누가 오르려나

## 167. 사람사는 곳어디나

사람사는 곳어디나 한해길이 시간같아
한해닫는 저무름을 편지없이 벗도아네
고향길은 길알고도 미뤄사는 삶이런가
훗날고향 누워가도 어쩜다행 아닌던가


## 168. 고생길로 잡아끌고

고생길로 잡아끌고 세월저놈 다니다가
지친나를 흙속덮고 혼자산을 내려가네
무덤속의 발버둥질 가위눌림 바둥이니
나살던곳 다시끼어 어제처럼 못간다네

## 169. 스님멀리 세상두고

스님멀리 세상두고 사철산속 경읽는데
세상사람 삶틈틈히 시장아닌 산에올라
사는얘기 묻고듣자 스님입을 기다리네
사는것을 그대어찌 물어답을 구하는가

## 170. 소문따라 떠돈길끝

소문따라 떠돈길끝 타관객지 고향멀어
고향한쪽 밭갈뜻은 어긋난채 길보내네
생의기억 호시절은 고향산천 어린시절
크고넓은 세상속에 살만한곳 어디였나

## 171. 벼슬찾아 고향두고

벼슬찾아 고향두고 낯선마을 나떠돌고
여깃사람 내고향쪽 입장바꿔 떠돈다네
더나은삶 찾으려고 엇갈려서 고향두니
먹이다툼 욕심인가 어깨에진 고락인가


## 172. 앞뒷산의 만산홍엽

앞뒷산의 만산홍엽 가을깊은 병이러니
골골마다 병은깊어 잎다훑어 계절깊네
병든것은 저산인데 샘도없는 내눈에서
무슨일로 물길나서 가을한쪽 흐르는가

## 173. 물결성나 굴린돌에

물결성나 굴린돌에 강고기들 놀라떨고
산흔들어 나무뽑아 팔월태풍 지나가네
먹구름은 온종일을 산머물러 해가리고
인적끊긴 괴산한낮 종말같은 공포오네

## 174. 내어머니 늙으시니

내어머니 늙으시니 은혜더욱 무거워도
젊은시절 훌훌이가 모습바꿀 묘책없네
담높이고 잠근대문 저승손님 등밝아도
살며가장 분한날이 속수무책 이밤오네

## 175. 사람인연 하늘정해

사람인연 하늘정해 때기다려 살다보니
지천명에 이르도록 혼자걸어 길을왔네
뒤에라도 늦은만남 예정되어 있다면은
병오기전 님이먼저 대문열고 들왔으면

## 176. 내고향땅 먼이곳도

내고향땅 먼이곳도 자연흐름 다같으나
해는뜨나 고향비춘 따뜻함은 여기없네
고향놀던 강과달라 물흘러도 차가웁고
벗있으나 옛벗없어 귀멀은듯 닫아지네

## 177. 까마귀떼 덮은듯이

까마귀떼 덮은듯이 검은구름 두꺼우니
밤은먼데 점심하늘 숯칠한듯 낮검어라
빗줄기는 칼질처럼 저은행잎 갈라째니
눈못뜨고 공포크게 천둥장마 지나가네

## 178. 볕뜨거운 여름날엔

볕뜨거운 여름날엔 몸뉘일곳 그많더니
그늘들던 여름평상 눈가득히 쌓여덮네
하늘대고 내물으랴 추운계절 뉘탓오나
계절아닌 팔자인데 일러준들 피했으랴

## 179. 내일아침 세상떠도

내일아침 세상떠도 책을덮지 말라하니
하루남긴 이마당에 남은꿈이 뭐있다고
여보게나 저승가면 손에쥔것 다놓을때
심심하지 않으려면 담아가는 술수밖에




## 180. 부모뜻은 나를키워

부모뜻은 나를키워 정승판서 쓰려하나
고향산천 날잡아서 벼슬없이 나를쓰네
산이좋아 살자하니 타관객지 남일이니
늙은부모 나들이길 시시때때 동행하네

## 181. 입김에도 아침이슬

입김에도 아침이슬 지기쉬워 위태롭고
새벽바람 넘겼어도 아침빛에 사라지네
어느누구 밤새울음 눈물방울 되어맺혀
소리없이 거둬갔다 다른눈물 되오는가

## 182. 산을돌고 마을지나

산을돌고 마을지나 불영선광 보았으니
발길뒤로 계곡물길 일행처럼 따라오네
망양정자 편액속에 세월지난 시있으나
떠날때와 달리나도 시인인줄 아시는가

## 183. 빈술병을 지게지니

빈술병을 지게지니 서산해는 술병담겨
전쟁끝에 돌아오듯 술기올라 몸지쳤네
약초인지 풀잎인지 어둠깔려 분별없고
논개구리 우는소리 올봄에도 참슬퍼라




## 184. 마을검게 산그림자

마을검게 산그림자 멍들듯이 덮어오니
산새급히 되돌아가 저녁하늘 텅비었네
주막불은 켜있으나 묵을손님 아직없어
첫손님은 먼길와서 잘곳찾는 나그넨가

## 185. 풍경화속 쓸쓸함은

풍경화속 쓸쓸함은 화쟁이의 붓달렸고
가을밤비 외로움은 글쟁이의 손달렸네
지난시비 뒤에보면 부질없는 내부아요
내갈등은 맘시비라 시를써도 못재웠네

## 186. 산을넘는 새에게는

산을넘는 새에게는 강물깊이 걱정없고
헤엄치는 물속고기 산높아도 근심없네
산과강에 허둥대며 걸쳐사는 이몸만이
눈덮히고 강물넘친 자연이치 염려하네

## 187. 산수찾던 내아버지

산수찾던 내아버지 젊은날에 넘어진뒤
봄은매번 지나가며 내모습은 아비닮네
무덤위로 해지나며 반백년을 데웠어도
한번식은 그대몸은 다시데워 길못가네




## 188. 낙산의상 어느때에

낙산의상 어느때에 가파르게 절벽되어
언덕서면 땅끝이요 배를타면 물끝되네
절오르려 파도닭어 억겁시도 바위닭고
절밑고기 목탁소리 어부보다 깊이듣네

## 189. 봄꽃지고 촛불밑에

봄꽃지고 촛불밑에 홀로앉아 시를쓰니
생각많아 지은싯구 고쳐써도 남모르네
훔쳐읊듯 밤빗소리 밤새창밖 후득이니
새벽녘에 이르도록 열린창문 닫지않네

## 190. 호수위에 작은물결

호수위에 작은물결 낙엽에는 풍파같고
쪽배띄워 누운몸엔 멀미되어 일렁이네
구름중천 하늘가고 호숫고기 안물어도
작은물결 잠영해를 거울보다 쉬이깨네

## 191. 산수깊은 불영계곡

산수깊은 불영계곡 선광으로 바위섰고
산봉우리 드높으니 가는구름 움칫하네
이좋은곳 홀로오니 경계없이 산새울고
천년고찰 풍경소리 담고가도 뜻모르네

## 192. 시절마다 문장가들

시절마다 문장가들 삶의고뇌 산수빗대
다른말로 글지어서 시절시절 이어왔네
산과강을 시제삼아 나도생을 푸념하나
서산해는 아침오고 내일저녁 나는없네

## 193. 옥계낙수 끝없으니

옥계낙수 끝없으니 물담긴곳 어디던가
검은구름 산끝걸려 큰물담은 호수있나
처음낙하 아득하고 오늘풍광 옛것되니
저울음끝 옛님처럼 나도뒷날 모른다네

## 194. 가득끼인 아침안개

가득끼인 아침안개 산끝암자 하늘띄워
구름밟고 스님서서 속세모습 내려보네
아침해는 봉정암에 일초촌음 오르건만
짧은해에 당일올라 발돌려서 올수없네

## 195. 곱고길게 빗질한듯

길고곱게 빗질한듯 수양버들 척늘어져
긴머릿결 감은듯이 빗물흘러 똑똑지네
해진저녁 서글피도 봄비어찌 내리는가
한여인이 밤비속에 내집창문 두드리네


## 196. 천도꽃은 붉게피어

천도꽃은 붉게피어 마을동산 다붉어도
불로불사 천도인줄 사월에는 모른다네
욕심없이 헛지나쳐 탐할줄을 모르다가
동방삭이 훔쳐간뒤 무릎쳐서 천도아네

## 197. 돌배나무 겨울산에

돌배나무 겨울산에 골라셀수 없었으나
뜨문뜨문 산중백화 봄날보다 먼저왔네
몰라보던 숨은무리 흰꽃저놈 이화일세
꽃지면은 돌배자리 다시지워 모른다네

## 198. 산수유꽃 떨어지고

산수유꽃 떨어지고 도화잔치 꽃붉으니
산과들을 꿀벌뒤져 꿀농사로 바쁘다네
숲속마다 약초찾아 사람발길 줄이어도
대추저놈 바쁜이봄 늦잠으로 한가하네

## 199. 오백리길 대관령은

오백리길 대관령은 굽이높아 험하여도
노모걱정 더높아서 강릉문안 길떠났네
충청도땅 봄꽃가고 사월바람 이고운데
경포호수 늦바람엔 님달랠꽃 남았을가


## 200. 내고향땅 박달산은

내고향땅 박달산은 제철마다 옷다르니
사월앞산 새잎돋아 매일아침 산오르네
봄약초는 쉬이세니 밥상나물 시간짧고
낙화안된 두견화는 술병안에 옮겨피네

## 201. 사월들에 꽃은붉고

사월들에 꽃은붉고 녹음짙어 푸르르니
새는바삐 녹음속에 둥지숨겨 새로짓네
나는들판 가로질러 내일아침 숨가쁠터
구름밤새 하늘검게 칠하지나 마시게나

## 202. 젊은날엔 몸더날래

젊은날엔 몸더날래 쫓는마음 급했으나
세월흘러 맘앞서도 몸무거워 뒤못쫓네
거울속의 내행색은 급히와서 초라하나
시든풀을 되살려낼 생에장마 다시없네

## 203. 팔봉정자 초라하나

팔봉정자 초라하나 팔봉이름 옛그대로
강물밤낮 바뀌흘러 세월가듯 흘러왔네
헤엄치던 물속고기 예전고기 사라지고
수주팔봉 놀던아이 예전가신 내아버지




## 204. 시냇물에 떠서가는

시냇물에 떠서가는 봄날고운 꽃잎에는
하루천번 맘달리는 내님에게 편지쓰고
강물따라 떠나가는 시린가을 갈잎에는
그대두고 나고단한 삶의시를 적는다네

## 205. 쭉쭉뻗은 저낙엽송

쭉쭉뻗은 저낙엽송 남도곧은 대숲인듯
서늘한땅 충청도엔 하늘닿은 대숲일세
속빈악기 못되어도 세월지나 고향땅에
새로지을 내고향집 곧게세울 기둥이네

## 206. 이세상을 유랑하여

이세상을 유랑하여 흐른세월 몇해던가
산에라도 높이올라 지나온길 돌아볼까
지나쳐온 사람들은 그자리에 있으련가
그한사람 잊지못해 남은생이 쓸쓸하네

## 207. 강물속을 엿보아도

강물속을 엿보아도 고기놀란 기척없고
저승사자 옆에와도 눈치없는 고기같네
여보게들 우리네삶 사는것이 별모를일
부디오늘 밤잠속에 배오걸랑 타지말게




## 208. 답답하고 막막하네

답답하고 막막하네 산은막고 강물깊어
높은산은 빽빽하고 너른강물 못건너네
이몸하나 못빠질듯 저리좁은 산틈사이
가보면은 산틈사이 너른강물 빠져가네

## 209. 긴세월을 흘렀어도

긴세월을 흘렀어도 강물흐름 예전같아
청령포섬 배없이는 이승으로 올수없네
옛소나무 신하처럼 가지않고 서있으나
옛일보고 다문입은 구전아닌 전설됐네

## 210. 오늘아침 또보내니

오늘아침 또보내니 생에몇번 봄갔는가
놓은벌통 꿀벌날아 뒤주처럼 담아놓네
무수히도 들고날고 거둬들인 벌통이나
꿀취해도 탐관이라 욕하지는 마시게나

## 211. 돈있다고 두서너채

돈있다고 두서너채 고대광실 지었어도
백골썩는 무덤집은 너도나도 하나라네
생각컨데 무덤돌에 그대이름 파지말게
문패보다 비석커도 그대가면 허사라네

## 212. 폭포조각 영롱해도

폭포조각 영롱해도 구슬처럼 꾈수없고
구름중천 떠있어도 목화처럼 솜못타네
살며찾은 자연풍광 주인처럼 찾았어도
머릿속에 담은선광 그도내것 아니라네

## 213. 가을불길 타내려도

가을불길 타내려도 물로식혀 못끄나니
눈덮히는 찬바람에 홍엽지고 가지남네
각연사절 식은뒤에 하얀재위 스님가고
녹음가려 없던절은 앉은자리 훤하여라

## 214. 구름속을 휘저어서

구름속을 휘저어서 초록빗물 쏟아진듯
긴대나무 죽녹원에 빗줄기로 박히었네
댓잎마다 칼날되어 날카롭게 바람베니
대금울음 못되어도 난이소리 더좋다네

## 215. 흙이기고 기와구워

흙이기고 기와구워 묵은초가 단장하니
삐친머리 초가풍광 옛정겨움 사라졌네
굴뚝연기 구름되던 그정경도 뚝그치고
초가지붕 호박달은 올해지면 다시없네




## 216. 늙은허물 세상올때

늙은허물 세상올때 약속임을 몰랐던가
거울앞에 그대서니 이마주름 밭골깊네
백발저놈 홀로아닌 만병들고 함께오니
한올한올 빠진건강 너무작아 때놓쳤네

## 217. 반나절을 돌아올라

반나절을 돌아올라 높던하늘 머리닿고
문장아래 아침매미 계절간듯 소리머네
산도토리 툭툭지니 오는계절 더급하여
다급하게 내려가도 매미노래 끝났으리

## 218. 스멀스멀 입김처럼

스멀스멀 입김처럼 구름흘러 산덮으니
두눈감지 않았아도 소백풍광 사라졌네
날좋은날 물었으나 말로풍광 못그리니
구름덮어 지운선광 머릿짐작 가당한가

## 219. 산틈사는 우리모습

산틈사는 우리모습 작은개미 같으려니
산끝위에 올라서면 크던강물 지렁일세
가는구름 신선처럼 오운거로 올라타면
살던내집 손바닥에 콩도아닌 좁쌀일세




## 220. 바람몰아 권금성에

바람몰아 권금성에 바뀐계절 찾아오니
남대천속 회귀연어 거스를길 찾아뛰네
계절가는 현상이라 장대없이 감은지고
설악위에 눈덮히고 구름사이 달은건네

## 221. 가을제비 어제떠나

가을제비 어제떠나 괴산들판 비워지고
감은굵어 가지휘니 익은가을 부러지네
화쟁이는 가을산에 급히색을 칠하노니
허수아비 바뀐계절 옷한벌로 춥다하네

## 222. 여름볕에 그을려서

여름볕에 그을려서 속병들은 가을잎은
바람탓에 지는듯이 다한목숨 날려지네
이마주름 해거듭해 세월갉은 밭골이니
흰머리칼 단풍같아 지는날은 이내오리

## 223. 들고날고 꿀벌날아

들고날고 꿀벌날아 봄내바쁜 사월되니
꺾은들꽃 화주되고 뜯은풀은 나물되네
산을찾아 들락날락 꿀벌보다 빈번해도
남긴화초 계절지나 열매맺고 약초되네




## 224. 저흙속에 묻은씨앗

저흙속에 묻은씨앗 봄날알고 다시오나
이흙속에 잠든그대 녹아모습 다시없네
지나보면 생의시작 봄날뿌린 씨앗이니
가을끝에 열매져도 겨울뒤에 봄은없네

## 225. 간이역의 늙은역사

간이역의 늙은역사 쓸쓸이도 이끼덮고
사람발길 다시없어 이별또한 멈추었네
쇠젓가락 이어놓은 녹슨철길 피멍같아
끊긴기적 경적울듯 천둥번개 목메우네

## 226. 암실속에 암암리에

암실속에 암암리에 암약하는 암초되어
암시없던 암투병에 암담하고 암울하네
암과한몸 암만떼자 암중모색 암만해도
암못떼니 암말없이 암행하던 암운오네

## 227. 문어처럼 암은붙어

문어처럼 암은붙어 떼려하면 더붙들고
장기뒤져 떼어내도 풍선처럼 다시크네
널죽이려 약을써도 죽은체만 하다살고
이번암은 암만해도 나죽은뒤 네가죽네




## 228. 강가운데 생긴섬은

강가운데 생긴섬은 한해살이 풀시들어
철새날아 몸숨길곳 휑하여져 드러나네
물깊어서 못건넌강 얼음으로 육지되니
아이무리 비내섬을 배를몰듯 섬휘젓네

## 229. 술없는바 아니지만

술없는바 아니지만 밤시름은 끝이없어
검은머리 가닥줄고 이밤사이 온통희네
이가을도 끝나가니 시든것은 초목인데
갑작스레 늙은것을 탄식해도 겨울오네


## 230. 나어릴적 내어머니

나어릴적 내어머니 뽕잎먹여 키운누에
명주비단 자락치마 단한번도 못걸쳤네
누더기옷 입고살다 떠나가신 무덤가에
뽕잎다시 푸르러도 이번봄도 쓸쓸하네

## 231. 가을시든 풀과잎도

가을시든 풀과잎도 봄날에는 새싹이니
예전지난 나에게도 어린시절 있었다네
봄기운은 다시오나 한해더해 늙어가니
중년마저 뒤에두고 노인문을 두드리네

## 232. 금강물은 충청돌아

금강물은 충청돌아 발길틀어 군산가고
남한강물 서울가고 낙동강물 부산가네
가는길을 정해두고 저강물이 흘러가듯
흰백발만 남았으니 정해진길 고향가네

## 233. 저녁빛은 점점줄어

저녁빛은 점점줄어 산모습은 희미하고
서산뒤로 해졌으니 산뒤져서 찾아볼까
어스름달 어느산위 밤하늘로 올라서나
솟아오를 이밤시름 못견디니 숨누르네


## 234. 저승가면 빈손인데

저승가면 빈손인데 무엇으로 술을살까
이승까지 달려나와 주막들러 외상할까
양친부모 다시만나 기쁨대신 눈물나고
동지섣달 밤은길어 앞일당겨 꿈을꾸네

## 235. 곱던꽃잎 한잎두잎

곱던꽃잎 한잎두잎 추하게는 지기싫어
송이채로 던진이별 하얀눈속 다시피네
붉은동백 갓핀듯이 바람에도 아니지니
행여그대 낙화동백 주워올려 꺾지말게


## 236. 희끗희끗 머리카락

희끗희끗 머리카락 흑발지고 노인되면
옛친구들 하나둘씩 안타까운 소식오네
젊은시절 약속없이 서로갈길 갈라진뒤
같은고향 옛일일뿐 술있어도 옛벗없네

## 237. 오래전에 떠난고향

오래전에 떠난고향 지금모습 어찌됐나
중간한번 갔을때는 낯익은이 드물었고
느지막이 가는고향 동네아이 성년되어
타향사람 낯설다고 나를두고 경계하네




## 238. 눈이펑펑 쏟아지니

눈이펑펑 쏟아지니 여행길은 미끄럽고
기러기떼 숨은숲도 새하얗게 덮히었네
밤사이눈 새벽그쳐 온천하가 새하야니
여행길에 만난사람 서로간길 자국남네

## 239. 천리먼길 산돌아서

천리먼길 산돌아서 서해향해 한강가니
물을보고 덧없음을 내흰머리 먼저아네
고향산천 옛집으로 옮겨살면 되련만은
주인바뀐 고향옛집 기러기만 길떠나네




## 240. 곳곳마다 봄은익어

곳곳마다 봄은익어 꿀벌날아 분주한데
낙화꽃잎 흩어지고 버들잎은 짙어지네
가는이봄 아쉬워도 권력가도 못할지니
자연섭리 어찌못해 또한봄이 지나가네

## 241. 청산따라 천리먼길

청산따라 천리먼길 배없어도 물은가고
산봉우리 에워싸서 한적해도 세월가네
젊은날에 썼던시는 늙은날에 다시읽고
몸이굳고 늙어버려 지난길은 되못밟네




## 242. 어머니를 꿈에뵐뿐

어머니를 꿈에뵐뿐 살아서는 못뵈노니
복숭아꽃 다시피니 끊어질듯 속아프네
나랏님께 상소하여 고칠일도 못되노니
내가죽어 만나기전 죄인처럼 시를짓네

## 243. 시비쌓여 쫓겨오듯

시비쌓여 쫓겨오듯 떠나지는 않았어도
어디갈까 정함없이 먼길걸어 여기왔네
뉘집인지 나그네로 청량사쯤 하루묵어
계절병을 치료하듯 시인으로 이밤기네

## 244. 꼬리물고 계절이어

꼬리물고 계절이어 가고오고 번갈으니
피고지는 꽃과잎도 그계절속 살고죽네
올봄다시 꽃은와도 어머니는 이미떠나
사람일만 한번끝나 이억울함 반복없네

## 245. 부모그려 맺힌한은

부모그려 맺힌한은 온동네에 개굴개굴
논개구리 봄저녁을 금가도록 울어대네
더가까이 듣고픈맘 해칠뜻이 없었어도
목놓았던 통곡소리 논닿기전 끊어지네

## 246. 깨진봉분 무덤가에

깨진봉분 무덤가에 할미꽃은 다시피고
폐가고쳐 할머니집 타향사람 이사왔네
새로온이 이름으로 동네사람 고쳐불러
내가알던 할머니집 사라지고 말았다네

## 247. 강거슬러 있다해서

강거슬러 있다해서 나살던곳 배띄우면
산틈사이 돌고돌아 가도가도 휘어지네
산너머에 있다해서 나살던곳 올라보면
산너머산 다시또산 첩첩이어 그끝없네


## 248. 강물얼어 두꺼웁고

강물얼어 두꺼웁고 눈은아직 덮였는데
도화가지 미리알듯 피를올려 붉어있네
복숭아꽃 들에필때 봄들왔다 말하지만
겨울속에 미리와서 꽃피운것 나는아네

## 249. 가을저녁 짧은햇살

가을저녁 짧은햇살 주막창문 잠시들고
손님보다 어둠먼저 주막돌담 넘어오네
나그넷길 길은멀어 닳고닳아 피곤한몸
하루임종 찾아오듯 취하기전 잠이오네

## 250. 묏뿌리를 뽑아올려

묏뿌리를 뽑아올려 강물막아 푹담그면
강물다시 산을뜯어 틈을내어 제길가네
가는구름 끌어내려 산틈사이 다메워도
세월흐름 못막고서 계절바껴 나는지네

## 251. 고향길은 더멀수록

고향길은 더멀수록 맘속고향 더가까워
섣달그믐 고향향수 독한술도 약못되네
살던동네 옮겨살면 인연새로 다가오나
한번고향 못바꾸니 사는동안 늘그리네

## 252. 옛사람들 벗은허물

옛사람들 벗은허물 흙속녹아 사라지고
상아같던 뼈도삭아 꺼진봉분 묻혀있네
무덤밖에 늘지나도 무덤뚜껑 아니여니
다섯자밑 누웠어도 이승갈길 다시없네

## 253. 때늦어도 산돌아서

때늦어도 산돌아서 강물끝은 바다가나
타향살이 발길돌려 백에하나 고향가네
살며정든 타향에서 발못빼고 묶였으니
누운자리 고향멀게 이번생엔 타향눕네

## 254. 자작나무 가지처럼

자작나무 가지처럼 살점없이 흰뼈남아
사는소식 남모르게 타향홀로 누워있네
눈내리는 섣달그믐 나이란놈 밤지날때
소리없이 몸들어와 검은머리 베껴가네

## 255. 벌떼처럼 윙윙대며

벌떼처럼 윙윙대며 눈은날아 집을덮고
이밤사이 펑펑쏟아 험준한산 다덮히네
내일아침 세상바껴 모든세상 다하얘도
내어머니 누우신곳 이른아침 올라가리




## 256. 가을바람 강해지니

가을바람 강해지니 자작잎은 떨어져서
갈길다른 이별인듯 마당구석 그늘있네
푸르렀던 계절지나 맥없이도 흩어지니
나도세상 떨어져서 살던이곳 저리갈까

## 257. 행화매화 꽃구별은

행화매화 꽃구별은 열매전에 꽃모르고
살구매실 열매구별 꽃보다도 더모르네
이두놈을 내집뜰에 함께심지 않으려네
사는고민 만가지니 중하나는 덜었겠지

## 258. 달빛저놈 훤하노니

달빛저놈 훤하노니 내벗갈길 재촉하고
이별잔에 술채우니 원수달이 잠겨녹네
천지분간 어려우니 벗도밤길 뜻접겠지
잔비우고 하늘보니 죽은달이 하늘갔네

## 259. 가을단풍 만리드니

가을단풍 만리드니 이가을도 다익었고
북쪽끝에 높은산은 첫눈으로 머리덮네
이번가을 진낙엽은 다시나무 못오르니
절벽끝에 누운청솔 산비우니 더푸르네

## 260. 가을왔던 철새들은

가을왔던 철새들은 봄꽃전에 떠나가니
봄꽃향기 그윽해도 뒷모르고 떠나갔네
세상살이 살만해도 일백년을 못채우니
철새처럼 왔다가니 다음봄엔 나는없네

## 261. 이른새벽 산올라도

이른새벽 산올라도 문장대는 높고먼데
아침해는 순간올라 산끝위에 앉아있네
어젯배는 종일가도 산허리를 겨우돌고
없던안개 나타나서 가는뱃길 방향잃네


## 262. 채찍맞는 고통으로

채찍맞는 고통으로 가는말은 빨라지나
가는배는 배를두고 강물때려 빨라지네
절벽끝의 바람방향 누운솔로 가늠하나
산그림자 길다짧아 산높이를 못가누네

## 263. 저녁하늘 기러기떼

저녁하늘 기러기떼 산넘으니 쓸쓸하고
강물빛은 달빛아래 더그윽해 마음젖네
만리에든 가을단풍 위태롭게 매달리니
열흘지나 다시보면 잎진자리 텅비었네




## 264. 물위떠서 배는가니

물위떠서 배는가니 물결보다 앞못서고
사는일엔 하루뒤로 뒷걸음질 할수없네
계절변화 좋던날들 지나보니 젊음가고
산능선을 걷는달은 밤길이라 조심걷네

## 265. 한말술에 그대얼굴

한말술에 그대얼굴 등불처럼 아른하고
술취하여 잠깊어도 그대모습 꿈속없네
선착장에 빈번하게 오고가고 배바빠도
저리많은 뱃손님중 님은빼고 실었는가

## 266. 겨울짧고 여름긴빛

겨울짧고 여름긴빛 두계절빛 고루섞어
빈곤살이 빛이나마 사철고루 쬐려하네
물이라면 두계절빛 그릇담아 나눌것을
하늘의뜻 나와달라 여름덥고 겨울춥네

## 267. 질긴장마 어제끝나

질긴장마 어제끝나 매미어디 숨죽였다
태풍훑어 넘긴나무 안타까워 너우느냐
여름노래 어느것도 네노래를 못쫓으니
여름식어 계절가도 그댄가지 말았으면

## 268. 봄산오른 어린새싹

봄산오른 어린새싹 갈단풍되 내려오고
가는새와 오는새는 계절속에 엇갈리네
올한해도 속절없이 그저놓아 또보내니
시절저산 돌지않고 산질러서 바로가네

## 269. 사는날이 많다하여

사는날이 많다하여 흥청망청 살아온날
모래한줌 움켜쥐어 하루갈때 한알세네
남은모래 그대론데 삶의끝날 벌써와서
살아온날 다더해도 모래한줌 더많다네


## 270. 앞뒷산에 쌓인눈은

앞뒷산에 쌓인눈은 봄비오면 녹아지나
오륙척에 머릿눈은 삼복에도 아니녹네
앞산붉던 가을단풍 잎지는날 다했으니
가지끝에 남은한잎 철새날자 몸던지네

## 271. 물위에뜬 배쏠리듯

물위에뜬 배쏠리듯 우리인생 하류가니
강물같은 세월흐름 돌담쌓아 막아보네
날비웃듯 물꼬터서 지체없이 다시가니
이세월의 급한여울 빨라져도 못내리네




## 272. 우리인생 길다하나

우리인생 길다하나 잠병든날 골라빼면
뜻과같이 살아온날 며칠이나 되겠는가
젊은시절 잘못든길 허송세월 마저빼면
밤송이를 까낸듯이 버린날이 더많다네

## 273. 자고깬채 누운채로

자고깬채 누운채로 계곡소리 꿈이되고
대문활짝 다열어도 빼난암봉 조망없네
해진저녁 굴뚝연기 예전끊겨 다시없고
고향속에 몸못두니 도심생활 철창같네

## 274. 청풍물길 마을잠겨

청풍물길 마을잠겨 바다처럼 물고이니
징검다리 물속숨어 다니던길 지워졌네
어제한집 고향뜨고 오늘한집 또떠나니
먼훗날에 다시와도 호수깊어 길은없네

## 275. 세월내게 묻지않고

세월내게 묻지않고 등에태워 달려가니
촌음멈춤 지체없이 산굽잇길 돌아가네
지나친산 몇굽인지 표시없이 지났으니
세월달려 날떨군곳 돌아봐도 길모르네




## 276. 급히오던 젊은시절

급히오던 젊은시절 방황으로 묵정밭돼
마음한쪽 허망한곳 잡초무성 우거졌네
늙은날의 한쪽구석 젊은씨앗 되뿌려도
처서지나 피는꽃이 어찌열매 끝을보리

## 277. 소달구지 몸실어서

소달구지 몸실어서 물길따라 떠날적에
아쉬움의 배웅인듯 느티나무 등뒤섰네
고향그려 병된마음 밤길게도 서신쓰나
가는인편 못만나니 소식갈날 또미루네

## 278. 먹고살곳 찾아떠나

먹고살곳 찾아떠나 먼리고향 그리는병
눈비오고 한해갈때 고향생각 쏟아지네
길막아서 잡는이도 산도물도 아닌것을
세상살이 그무엇이 발을묶어 나못가나

## 279. 칠월하늘 쾅쾅되고

칠월하늘 쾅쾅되고 장맛비는 밤낮이어
커진냇물 큰돌굴려 땅에치는 천둥되네
바람밤새 깡패되어 초가벗겨 난동피고
기와들썩 흔들어도 구름한장 못떼갔네

## 280. 한해가고 해묵어서

한해가고 해묵어서 어린잡목 굵어지니
손으로도 아니꺾여 쇠낫으로 베야하네
술담배질 습관질겨 세월흘러 고질되니
톱질로도 못자르니 깊은뿌리 어찌캘까

## 281. 어디갔나 나어릴적

어디갔나 나어릴적 함께놀던 동향지기
사는고을 인편들어 짐작하나 마음일뿐
한뼘샘도 하류가면 배띄워야 강건너듯
세월흘러 만날거리 갈수록더 벌어지네

## 282. 타관객지 떠돌던해

타관객지 떠돌던해 살다보니 몇해던가
기억속의 고향모습 그옛모습 한결같네
때가되면 모습변해 나돌아갈 고향언덕
세상일다 털어놓는 날낯설어 안하려나

## 283. 이화령에 내린빗물

이화령에 내린빗물 남북으로 헤어지니
충주지나 한강되고 상주낙동 강물되네
고개섰는 이몸또한 속세인연 줄에얽혀
걸음방향 주저주저 이리저리 갈팡이네




## 284. 봄오는가 지났는가

봄오는가 지났는가 강건넛산 바라보니
박달산위 잔설있고 산아래꽃 새로피네
청년시절 멈췄는가 강물처럼 가고있나
오늘중년 누구던가 강가놀던 소년없네

## 285. 날덥다고 여름종일

날덥다고 여름종일 그늘들어 쉬지마라
너앉아서 쉰다한들 계절조차 앉아쉬랴
꼬리물어 밤낮가고 음양서로 뒤집으니
앉은자리 빛가릴때 나무벨까 두렵구나

## 286. 세상만사 나모른다

세상만사 나모른다 배짱좋게 버려두고
사는날중 하루빼내 술취하고 또취하네
듣기좋은 곡조골라 흥에젖어 술취하니
하루구름 빈날인듯 근심비워 하루가네

## 287. 높이솟은 박달산에

높이솟은 박달산에 느릅잿길 재높으니
내집자리 인적멀어 계절새만 낯이익네
만사고민 자연넘겨 세상날짜 꼽지않아
세상소식 한참뒤에 방금인듯 들려오네

## 288. 삼척신리 산비탈밭

삼척신리 산비탈밭 소쟁기질 사라지니
너와조각 흩어지고 화전집은 사라졌네
길나그네 예전지나 이길다시 아니오니
묵은화전 초목굵어 자연도로 산되었네

## 289. 성턴기력 세월가면

성턴기력 세월가면 절로빠져 시드는데
부귀공명 등에지려 건강내려 팽개쳤네
하나둘씩 더한병은 백약무효 명의없고
떠난건강 늦은후회 어디가서 되찾을까

## 290. 서산노을 불길싣고

서산노을 불길싣고 어둠패들 산넘으니
먹물같은 감나무밑 촛불밝혀 평상펴네
낮밤섞인 평상자리 여름벌레 윙윙대니
자고나면 태양볕에 벌레처럼 나나가네

## 291. 서산해는 아침오니

서산해는 아침오니 아쉬운맘 거두어라
어젯저녁 떠난사람 빈껍데기 남아있네
인간사중 억울한일 이일보다 더함없어
강물길에 보탠눈물 흘러바다 담겨있네


## 292. 짧은인생 둘있는양

짧은인생 둘있는양 그대세상 흘려사니
잠에술에 매일취해 버리듯이 인생쓰네
인생하나 탕진하고 남은하나 쓰자해도
나믿었던 그림자도 밑에깔려 꼼짝않네

## 293. 가는세월 멈추거나

가는세월 멈추거나 더디가는 딴전없어
세월걸음 급히따라 나덩달아 재촉하네
함께걸며 여러짐을 고달프게 등지은뒤
제것처럼 빼앗은뒤 검은절벽 나를미네


## 294. 우수절기 눈비섞어

우수절기 눈비섞어 진눈깨비 종일내려
저기러기 북녘갈길 지체하여 하루쉬네
만리먼길 고단한데 어이왔다 되가는가
계절끝에 갈것어찌 저기러기 길뿐이랴

## 295. 세월꾀여 자기따라

세월꾀여 자기따라 달콤하게 가자하네
길바쁘다 재촉하여 밤낮걸어 가자하네
내어미도 앞서가니 의심없이 뒤따르네
한번가면 못올길을 앞모르고 따라가네




## 296. 나들잇길 묻자하면

나들잇길 묻자하면 답하는이 여럿이나
사는길을 묻자하면 그누구도 대꾸없네
남은생도 꿈결이니 꿈이어찌 뜻대론가
개천물에 고기놀듯 흐름대로 타고가리

## 297. 이산저산 덮는눈을

이산저산 덮는눈을 멍석펴서 어찌막고
여름장마 물꼬없이 어찌막아 다가두리
늙기도전 머리희고 사는눈물 많아짐도
저자연의 뜻이려니 그냥안고 흘러가리

## 298. 잡힌고기 어부골라

잡힌고기 어부골라 때이르다 헤아려도
낚시겨우 피했어도 그물속에 고기되네
병들었다 건져지고 나이따져 뽑아내니
사람잡는 저승그물 촘촘하여 못피하네

## 299. 검던밤은 아침희고

검던밤은 아침희고 아침빛은 되검으나
머리한번 색잃으니 검던날로 못돌리네
나무라면 뿌리캐내 검은머리 심을것을
명주흰실 뽑듯나니 옻칠염색 달못가네




## 300. 꿀벌날아 들고날고

꿀벌날아 들고날고 봄내바쁜 사월되니
꺾은꽃은 화주되고 뜯은풀은 나물되네
조령산에 사람발길 들락날락 급하여도
남은꽃과 묵은풀은 열매맺고 약초되네

## 301. 뉘말인가 이놈세월

뉘말인가 이놈세월 유수처럼 흐른다고
물은저산 돌아가나 산넘는게 세월일세
많은날을 여기저기 나허투루 살았네만
마을지난 한발마다 만난이들 그리웁네

## 302. 이발저발 발밟혀도

이발저발 발밟혀도 질경이풀 질겨남고
화전돌은 늘골라도 근심인양 끝이없네
사는동안 이저일로 모질게도 모양닳아
때가되면 이무릿속 화전돌로 골라지네

## 303. 산사이로 바람몰아

산사이로 바람몰아 봄비지난 들판위에
새봄익는 꽃잎다툼 계곡저리 요란한데
대추란놈 조율시이 늘첫자리 법이되어
조바심은 버려두고 봄가도록 눈안뜨네




## 304. 사람죽어 스러지면

사람죽어 스러지면 다음어디 가느냐고
이미지난 전생기억 예오기전 잊었는데
다음세상 앞서간이 이타저타 귀띔없어
나죽어서 확인한들 길돌아와 일러주랴

## 305. 그대에게 길묻노니

그대에게 길묻노니 어느길로 예왔는가
그대에게 되묻노니 어느길로 다음가노
그대대답 않고사니 생이무엇 말못할때
전생지나 앞둔저승 몸만알고 시들었네

## 306. 이태백이 놀던달은

이태백이 놀던달은 묵은시속 두었으니
오늘밤에 가는저달 뉘걸어서 임자인가
둥근달이 산을타니 술잔달도 보름이요
옛시오늘 되읽으매 이백달이 나와떴나

## 307. 세상흰눈 덮어지길

세상흰눈 덮어지길 기다리며 하늘봐도
기다린눈 아니오고 진눈깨비 쏟아지네
진눈깨비 녹아지면 눈비처럼 물남아도
눈비올때 마음속에 흘러간곳 다르다네


## 308. 주름잡힌 중년얼굴

주름잡힌 중년얼굴 나아닌듯 흠칫해도
두레박속 얼굴하나 입속흘러 들어오네
급히박속 되비춰도 시든모습 그대로니
잡힌주름 흰머리는 어느틈에 퍼올렸나

## 309. 밤이이내 오려는듯

밤이이내 오려는듯 석양노을 지워지고
어느틈에 스몄는지 방안먹물 가득하네
불도없이 방안누워 피곤함에 멈춘숨은
뚜껑덮은 무덤같아 미리와본 저승같네

## 310. 밤낮이어 앞뒤개울

밤낮이어 앞뒤개울 졸졸흘러 물지나니
세상살이 흘린눈물 물길보태 흘러가네
강물시작 산속깊고 이눈물끝 없으랴만
삶의눈물 퍼낼수록 더많은물 흘러나네

## 311. 재를넘어 지기와서

재를넘어 지기와서 장기두던 느티나무
천둥벼락 찍어눕혀 그늘평상 없어졌네
묘목심어 어느때에 매미들고 그늘생겨
지기불러 평상위에 장군멍군 다시할까

## 312. 남모르게 품은속뜻

남모르게 품은속뜻 몸게을러 못이뤄도
내속뜻을 알리없어 이웃사람 비난없네
웃음거리 아니되고 나잃은것 당장없어
사죄같은 뒷날후회 내젊음에 어찌할고

## 313. 쌓인근심 딱딱하니

쌓인근심 딱딱하니 가슴돌을 오늘꺼내
파도던져 잘게잘게 하루종일 두드려서
속시원히 가슴터줄 푸른바다 어디던가
세찬파도 동해삼척 추암언덕 올라서네

## 314. 저산새가 날찾거든

저산새가 날찾거든 나못봤다 말하여라
저달빛이 날찾거든 그냥잔다 말하여라
그친구가 날찾거든 술졌다고 말하여라
저승사자 날찾거든 마실갔다 말하여라

## 315. 새벽일출 동산타고

새벽일출 동산타고 서쪽하늘 저녁타니
해는산뒤 떨어지고 고향가는 길잃었네
시끄럽던 새벽닭은 이저녁엔 어디가고
고향하늘 그리웁다 저녁닭은 내가우네


## 316. 잡은술잔 어찌알고

잡은술잔 어찌알고 괴난시름 옆에앉아
술한잔더 따른다고 가득술잔 채워주네
말도없이 친구인듯 내집까지 뒤따라와
아침되도 가지않고 아예눌러 살려하네

## 317. 이화령눈 녹은뒤에

이화령눈 녹은뒤에 이산저산 봄꽃피고
겨울어디 숨어있다 벌과나비 나왔는가
잠깬고기 조심없어 잠영꽃은 일렁이고
두터운옷 양지섰는 나만때를 몰라섰네

## 318. 배고프면 밥을먹고

배고프면 밥을먹고 가끔술도 마셨거늘
먹지않은 몹쓸병은 몸속들어 숨어컸네
좋다는약 다먹어도 커진병을 못꺼내니
바위보다 병무거워 태산진듯 허리굽네

## 319. 옆집아이 삽살개와

옆집아이 삽살개와 솜뭉개듯 뒹구는데
무릎까지 내린눈에 성턴걸음 절름걷네
불혹나이 지났으니 넘어진듯 슬쩍누워
옛시절이 그리워도 체면잡아 날세우네




## 320. 푸르던풀 시들었고

푸르던풀 시들었고 갈기러기 무리가니
마음허한 쓸쓸함은 산을넘어 옛날걷네
약한마음 홍역오듯 살아온날 그리우니
이계절병 옛시절중 어느때로 돌아가나

## 321. 한곳살던 고향지기

한곳살던 고향지기 흩어진뒤 세월흘러
오고가는 인편에도 사는고을 소식없네
어린모습 기억갖고 지금모습 짐작해도
때갈수록 기억흐려 지나쳐도 몰랐을까

## 322. 삽짝서서 기다린봄

삽짝서서 기다린봄 어느길로 동네오나
마을앞길 남향이라 매해마다 그길왔네
꽃면절지 바람올지 조급한맘 이밤길어
아침행여 꽃샘추위 끼어들면 나어쩌리

## 323. 낙엽다진 늦가을날

낙엽다진 늦가을날 내집매매 집넘기니
검둥개만 눈치알고 나를따라 집나서네
도이행화 봄지나고 열매익어 부러져도
주인바뀐 눈치인가 벌써나를 몰라보네

## 324. 만항재에 홀로서서

만항재에 홀로서서 지는해를 바라보니
단풍붉어 몸은타고 노을더해 산뜨겁네
어지러운 속세멀미 예놔두고 가련만은
몸올라도 마음반은 세상두고 올라왔네

## 325. 여름한낮 잠든오수

여름한낮 잠든오수 이소나기 웬말인가
울던매미 먼저놀라 날두고서 휙날았네
빗길뚫고 날랜걸음 내달아서 뛸가하나
천둥뒤에 숨은벼락 날잡을까 두렵다네

## 326. 입술물어 당긴불꽃

입술물어 당긴불꽃 담배연기 코끝나가
불길눈앞 뜨거워도 머릿고민 못태우네
깊이모를 웅덩이에 독한술을 평생퍼도
근심가득 숨막아도 물속잠겨 못죽이네

## 327. 한가로이 배띄워서

한가로이 배띄워서 누워하늘 바라보니
저구름이 떠서가나 누운배가 흘러가나
흐르는곳 그어디건 세상하루 호수맡겨
방향없이 쓸려감은 삶을맡긴 세월같네




## 328. 잎이나고 꽃피는게

잎이나고 꽃피는게 열에아홉 순서거늘
산수유너 어찌바꿔 꽃진뒤에 잎푸른가
늦은가을 잎진뒤에 시린겨울 열매남아
봄꽃보다 더붉으니 이아마도 그뜻일세

## 329. 길나그네 내집들러

길나그네 내집들러 세상얘기 들려주오
괴산오지 봄지날때 산돌배꽃 피었으나
발길뜸해 뒤늦으니 세상얘기 알리없어
이나랏님 세상떠도 슬픈날을 모른다네

## 330. 젊은농부 논둑가득

젊은농부 논둑가득 오는빗물 가두어라
뒤주가득 쌀채운듯 둠벙물도 채워두게
사방지천 넘친물도 사흘흘러 끝보이고
오뉴월의 긴갈수기 다시와도 걱정없네

## 331. 박달산위 젤높은곳

박달산위 젤높은곳 나사는곳 내려보니
마을한손 다덮히고 내집손톱 가려지네
구름몇장 잡아떼어 마을위에 홀홀털면
봄비쏟아 꽃피운뒤 계절걸음 여름넘네




## 332. 청솔뽑아 집안들여

청솔뽑아 집안들여 정원분재 심어놓고
달가기전 첫날홍이 시들하여 겉보이네
수석으로 건진섭돌 보름안에 밍숭하니
옛사람들 자리둔뜻 이제서야 뉘우치네

### 333. 영월하동 깊은끌을

영월하동 깊은골을 옛말듣고 찾아오니
백년세월 두번지나 누운삿갓 전설됐네
산수절로 시가되어 삿갓입을 통하였나
켕기는맘 그무엇이 넘쳐흘러 시되었나

### 334. 호수덮고 산도덮어

호수덮고 산도덮어 논밭구별 사라지고
갈론마을 눈에쌓여 오가는길 지워졌네
세상왕래 사라지고 산중간혀 겨울가니
세상소식 아니오고 눈만더해 담을쌓네

## 335. 밤새떨군 자작잎을

밤새떨군 자작잎을 비질하여 모으려니
먼저쓸듯 바람불어 사방흩어 담넘기네
어느때가 되던지간 내집홀쩍 떠날것을
무슨마음 계절전에 쫓아내듯 쓸려했나




## 336. 장독뚜껑 열어두고

장독뚜껑 열어두고 콩밭매러 나왔는데
내려보던 먹구름이 머리위를 휙지나네
깜짝놀라 호미던져 냅다집쪽 달려가나
그소나기 날랜걸음 쏜살같이 앞지르네

## 337. 흘러가던 검은구름

흘러가던 검은구름 저산마루 걸터앉아
구름조각 관음봉에 우박으로 쏟아지네
산길걷는 머리위로 진눈깨비 떨어지니
눈도비도 아닌것에 산옷차림 어려워라

## 338. 앞뒷산에 만산홍엽

앞뒷산에 만산홍엽 꽃보다도 붉디붉어
열흘붉은 꽃없더니 단풍이꽃 아니던가
내일아침 고산정에 시한수를 지으려네
바람부디 이밤사이 빈가지로 털지말게

## 339. 청산속에 움막지어

청산속에 움막지어 말문닫고 삿갓사니
속세사람 못믿던새 허물없이 날아드네
아침날아 벗이되는 새지저귐 일이되어
속세남은 연있어도 이벗있어 못간다네


## 340. 태백산위 어린주목

태백산위 어린주목 찬바람속 천년살다
껍질벗은 마른몸을 눈비속에 천년씻네
상아같던 뼈녹아도 푸석이며 천년가니
잠시왔던 내가어찌 너를안다 단언하리

## 341. 석포석개 재오르니

석포석개 재오르니 세상두고 하늘온듯
험준한산 꼬리물고 바다향해 흘러갔네
하늘밑에 몸을두어 살아서는 안풀리던
얽혀설킨 속세매듭 풀어낼듯 마음높네

## 342. 꽃이피니 봄이오나

꽃이피니 봄이오나 봄오려니 꽃이피나
봄꽃두번 피지않고 한계절은 넘어가네
쟁기질로 자는옥답 서둘러서 잠깨워도
오는계절 여름이니 가는계절 봄꽃훑네

## 343. 깊은산속 집지으니

깊은산속 집지으니 남흉허물 절로닫고
주막들던 질긴버릇 가는길도 자연잊네
속세담은 못된습관 어찌버려 고민터니
죽어질듯 박힌버릇 잎지듯이 떨어지네




## 344. 젊은날에 이골저골

젊은날에 이골저골 찾아걷지 않으면은
늙은뒷날 몸무거워 주저하여 못본다네
금수강산 그자리에 계절마다 옷달라도
꽃덮어도 좋은줄을 아니가면 모른다네

## 345. 녹슬어서 병든몸들

녹슬어서 병든몸들 기대살곳 찾자하고
구석구석 절경찾아 강뒤지고 산뒤지네
강산이야 사람가려 꺼릴줄이 있으랴만
어리석은 자연분별 몸누일곳 찾아가네

## 346. 연중필꽃 봄다핀듯

연중필꽃 봄다핀듯 산과들에 지천이나
사철피는 자연이치 봄꽃으로 끝났으랴
가을서리 국화맞고 겨울매화 눈맞으니
계절달리 오는꽃을 봄날에만 왜반겼나

## 347. 연포길은 강이막고

연포길은 강이막고 솟은뼁대 세상닫아
세상혼한 언약없이 구름만이 오고가네
계절맞춰 왔던새는 강을날아 넘어가고
달력보다 빠른계절 가던강물 멈춰섰네




## 348. 긴가뭄끝 장맛비는

긴가뭄끝 장맛비는 폭포처럼 밤새쏟아
호수가득 물은차고 풀섶급히 우거지네
황소다시 풀을뜯고 배는떠서 고기낚아
넘쳐나도 못가둔물 마을흘러 빠져가네

## 349. 님이온다 떠도는말

님이온다 떠도는말 담을넘어 새벽오나
님을태운 늙은말은 주막들러 저녁오네
다시돌아 온다는말 님말타고 아침가고
님잡는말 내속말은 턱못넘고 말못되네


## 350. 님은떠나 멀리가고

님은떠나 멀리가고 저녁강물 바라보니
쓸쓸함에 그리는님 더더욱이 그리웁네
홀로앉아 주고받고 강물보다 많은술로
마음에만 둘이앉아 술잔만이 바쁘다네

## 351. 소한추위 얼음떼어

소한추위 얼음떼어 님얼굴로 깎았으나
집안깊이 두자하면 밤새녹아 눈물되고
뜰에두면 눈내려서 님얼굴이 덮어지니
님은어찌 집안에도 집밖에도 둘수없나


## 352. 내가슴속 제아무리

내가슴속 제아무리 속뒤져도 님은없고
잊은것도 아니건만 기억조차 그대없네
먼후일에 사무치게 님못잊어 보고프면
님잊을까 너무깊이 숨겨넣은 까닭이네

## 353. 님그려서 흘린눈물

님그려서 흘린눈물 먼바다에 다가도록
님안오고 계절바뀌 찬바람만 자꾸오네
소문천리 간다더니 전한소식 산중묻혀
더분한일 어찌할고 분별없이 늙는이몸

## 354. 저녁바람 불지마라

저녁바람 불지마라 너로나무 넘어지면
벗을위해 빚은저술 독깨질까 맘두렵네
비그쳐라 빗물불어 저강물에 보태지면
예오던벗 변덕생겨 배돌릴까 무섭구나

## 355. 수탉저놈 이른새벽

수탉저놈 이른새벽 시간알려 울터인데
날밝으면 간다는님 어찌잡아 세워두나
놈을잡아 술상내고 솜이불로 창가릴까
산사새벽 쇠종소리 저놈전에 먼저우네




## 356. 몇일밤낮 폭우되어

몇일밤낮 폭우되어 못건너는 물되던지
밤새빗물 빠져나가 어제모양 평온하네
배는다시 나룻터에 아픈이별 담아태워
뱃사공은 내맘몰라 급히저어 강건너네

## 357. 님온다는 생시소문

님온다는 생시소문 농인듯해 버려두니
꿈속내님 다시와서 재차약속 하고가네
꿈속일에 빈말따져 책임어찌 따져묻나
또속아도 생시님을 기약없이 기다리네


## 358. 생시에는 못본님을

생시에는 못본님을 꿈에나마 볼까하여
잠결인듯 꿈결인듯 뒤척이는 얕은잠에
귀뚜라미 울음소리 잠결들은 님소린가
귀뚜라미 내처지로 제짝찾아 울었구나

## 359. 끈은자를 세운듯이

곧은자를 세운듯이 반듯섰는 저낙엽송
뱀오르듯 칡넝쿨이 칭칭감아 숨조였네
가지죽고 비틀릴까 풀어잡아 헤치려니
땅속뿌리 나무같고 칡가지끝 하늘있네


## 360. 청둥오리 짧은다리

청둥오리 짧은다리 물깊어도 강건너고
강남제비 작은날개 재높아도 산을넘네
달천강에 배끊기고 산길지워 눈쌓이니
발길끊겨 갇힌신세 저들만도 나못하네

## 361. 사는곳곳 지저분해

사는곳곳 지저분해 덮어둘곳 그많더니
밤새흰눈 절로내려 고민없이 덮어졌네
중천오른 아침햇살 멍석가려 못막으면
더러운곳 눈녹으면 모습도로 흉터하네

## 362. 긴낚싯대 드리우고

긴낚싯대 드리우고 호수앉은 강태공아
그대앉은 이세상도 고기노는 물같으니
하루하루 사는일이 그대던진 낚시같아
하나둘씩 건져질때 너도나도 낼모를일

## 363. 이밭저밭 헤집는말

이밭저밭 헤집는말 뉘담넘어 뛴말인가
이입저입 떠도는말 뉘집안속 뒷말인가
말귀몰라 뛰는말은 고삐없이 동네뛰고
말같지도 않은말은 분별없이 집집뛰네

## 364. 저녁까치 어찌하여

저녁까치 어찌하여 나무끝에 집짓는가
사다리끝 올라서서 손뻗어도 아니닿네
해칠마음 없었으나 놀라둥지 날아가니
옛님산속 깊은골에 집짓는뜻 이제아네

## 365. 발길없이 구름넘고

발길없이 구름넘고 새는날아 넘었는데
백두대간 새잿길은 어찌생겨 길났는가
옛님들이 급히질러 겹쳐밟은 이유겠지
더디가도 좋은길을 지름길로 나도밟네

## 366. 어제오늘 도토리져

어제오늘 도토리져 저녁철새 산넘으니
산말없이 때알려서 달력없이 시절아네
첫눈덮고 강물굳어 산숨소리 죽어지면
정방사길 발길얼어 산사손님 봄오겠네

## 367. 꽁꽁얼은 깊은강물

꽁꽁얼은 깊은강물 강가운데 구멍뚫어
긴줄낚시 드리우니 굶주린듯 다퉈무네
여름아니 잡은뜻을 고기어찌 뜻알리요
세상만사 때있으매 지난후에 때를아네




## 368. 무성한풀 생각없이

무성한풀 생각없이 눈가리듯 흙덮으니
이른봄에 싹나더니 여름더욱 무성하네
흥허물도 풀씨같아 덮을수록 우거지고
품은악은 입닫으니 숨은독기 몸나오네

## 369. 강물속에 몸담그니

강물속에 몸담그니 물속고기 함께있어
시간지나 경계풀어 무리인듯 친해지네
태공낚시 던져오면 고기입질 어찌막나
한번친구 못지키면 두번친구 못되는데

## 370. 비멈춘뒤 산과강에

비멈춘뒤 산과강에 안개덮혀 가득하고
저녁짧고 불빛없어 어두운밤 적막하네
어둠아침 끝이나나 안갠어찌 치울텐가
천지자연 조화두고 마음근심 끌어담네

## 371. 산과들에 지천인꽃

산과들에 지천인꽃 흔타하여 해함말고
심심타고 그대심술 향기좋다 꺾지마라
낸들향과 꽃고운줄 어리석어 모르던가
꿀어디서 난것이며 열매어찌 맺었는가




## 372. 고목나무 쓰러져도

고목나무 쓰러져도 뿌리못캐 남겼듯이
아픈기억 톱질해도 고목처럼 뿌리남네
지난옛일 가슴속에 죽은듯이 뿌리남아
비가오면 원치않는 되새김질 먹먹하네

## 373. 팔월태풍 괴산왕솔

팔월태풍 괴산왕솔 뿌리뽑아 넘겨놓고
빗물넘쳐 달천강에 황하가듯 물지나네
장마더해 깡패온듯 그성질을 알지못해
개망아지 뛰듯해도 태풍잡아 맬길없네


## 374. 낮에좋던 폭포소리

낮에좋던 폭포소리 밤들으면 소음되고
새벽사찰 타종소리 마음가면 은은하네
소리없이 눈내려도 생각따라 시끄럽고
바람소리 늘같아도 시원함은 몸이아네

## 375. 비내리는 꽁림사뜰

비내리는 공림사뜰 연잎위에 빗물지니
잠시잠깐 머무름도 과한욕심 털듯떠네
저소나무 내린빗물 솔잎끝에 남겼어도
연잎욕심 단한방울 머금어서 남지않네


## 376. 단한번도 허리펴서

단한번도 허리펴서 서지못한 저할미꽃
지팡이도 없이서서 모진바람 다견디네
굽은허리 부러질듯 꽃봉오리 무거우니
점점굽어 꺾인허리 부모같아 눈물겹네

## 377. 하늘쪼개 갈질하듯

하늘쪼개 갈질하듯 불꽃번쩍 번개크고
망치때려 산을깨듯 천둥낙뢰 요란하네
산짐승들 놀라뛰며 어미품은 어디있나
떨고있는 그모양이 나와한배 형제같네

## 378. 내아버지 무덤잔디

내아버지 무덤잔디 긴가뭄에 다마르니
박달산위 흰구름에 먹물들여 비쏟을까
메말랐던 천둥지기 둠벙가득 물넘치면
개구리는 둑터질까 좋아죽어 난울겠네

## 379. 저소나무 사철짙게

저소나무 사철짙게 푸른모습 서있기에
사람들은 돋은솔잎 아니진다 말하였네
그대발밑 바늘처럼 쌓인잎은 뉘것인가
머리처럼 솔잎지니 늘푸른솔 세상없네


## 380. 늙은부모 섬기자니

늙은부모 섬기자니 남부를일 빈번하고
자식새끼 키우자니 남해하여 사죄많네
일일마다 사람불러 잦은도움 쉬받으니
빌려얻은 돈빚보다 은혜더커 큰빚지네

## 381. 젊은날엔 몸과마음

젊은날엔 몸과마음 다투듯이 서로앞서
천리길도 그어디건 멀지않다 나섰다네
성턴몸은 시들었고 마음주저 뒷걸음질
늙은허물 남것처럼 멀리해도 소용없네

## 382. 내어머니 일흔이니

내어머니 일흔이니 이몸따라 마흔넘네
나를업어 굽은등에 세월올라 휘어졌네
남은세월 등에업고 세상구경 하자하니
기력없어 가는곳곳 멀미인듯 마다시네

## 383. 깜깜해도 닭울음에

깜깜해도 닭울음에 이른새벽 기침해서
어머니는 밥을짓고 아버지는 쇠죽쑤네
날깨우지 않으셔도 잠결부엌 도마소리
몰래깨서 음악처럼 듣던옛날 가고없네




## 384. 삼한추위 맵고시려

삼한추위 맵고시려 사람모습 길에없고
장작지핀 방아랫목 불길처럼 뜨거워도
팔순노모 다한기력 뜨거운줄 모르시니
구들온기 새벽가나 내어머니 먼저식네

## 385. 질긴것은 잘게씹어

질긴것은 잘게씹어 나어릴적 주시더니
성턴치아 녹아내려 질긴것다 마다시네
잣과호두 잘게부숴 묽은죽을 드리오나
드시는것 아이같아 눈물겨워 밤새우네

## 386. 내어머니 여든이니

내어머니 여든이니 황천강길 막으려고
저승길을 찾아도나 마실다닌 길뿐이네
밤새노인 먼길떠나 그집문앞 살펴보니
밤새쏟은 눈길에도 발자국도 새김없네

## 387. 삼한추위 계곡얼음

삼한추위 계곡얼음 구들처럼 떼어내어
여름삼복 무더울때 내어머님 드리옵고
긴여름빛 뒤주담아 겹겹싸매 두었다가
겨울긴밤 손바느질 풀어밝게 비추리라




## 388. 어미늙고 병드시니

어미늙고 병드시니 밥은아니 드시고서
죽마저도 못넘기니 남은기력 다하였네
일어쩌랴 아이라야 달래꾀어 재촉하나
죽는줄을 알고서도 못드시니 눈물나네

## 389. 여름풀잎 무성해도

여름풀잎 무성해도 가을되면 퇴색하고
늘검었던 바위절벽 세월가니 이끼덮네
첫모습에 끝가는것 하늘아래 없음이니
늙고추함 어찌따져 허물이라 말들하나

## 390. 장회나루 제비봉은

장회나루 제비봉은 뾰족뾰족 날카로워
마음급해 서둘러도 네발기어 산오르네
옛사람들 오른자리 오늘이몸 되밟아도
닳은흔적 남지않아 나왔던일 뒷날없네

## 391. 값을주면 주막주모

값을주면 주막주모 손님위해 밥을짓고
붓을주면 주막선비 먹을갈아 글을짓네
밥을짓나 글을짓나 같은말로 짓다하나
짓는밥은 눈물짓고 짓는글은 한숨짓네




## 392. 늦가을비 추적추적

늦가을비 추적추적 맹씨행단 종일내려
찬바람이 스며들까 문을닫아 열지않네
돌담덮은 은행잎에 텅빈나무 쓸쓸하고
추운계절 마주와도 자리옮겨 못피하네

### 393. 물기말라 산누렇고

물기말라 산누렇고 강변모래 철새오니
봄내돋은 나뭇잎은 끊임없이 떨어지네
누대올라 바라봐도 가을깊이 알수없어
더높은곳 오른문장 가을끝은 아래있네

### 394. 물든잎은 나무병되

물든잎은 나무병되 산누렇게 병색오고
늦가을비 부슬부슬 태양빛은 종일없네
먹던술병 다비우니 빈나무만 산에남아
이가을이 다끝나면 머리희니 나도지네

## 395. 명산중에 명산있다

명산중에 명산있다 말로듣고 황산찾아
수만리길 물어물어 먼길끝을 찾아가네
마음짐작 못할산을 두눈으로 보기전엔
이산보다 내마음속 숨은기대 더높겠지

## 396. 한발높여 올라서면

한발높혀 올라서면 굵던개천 바늘되고
높힌한발 세상소식 아득히도 멀어지네
사람죽어 가는곳이 짐작아닌 예같다면
이길끝에 나죽어도 원통한맘 접어두리

## 397. 어린바위 움올라와

어린바위 움올라와 오랜세월 굵어진듯
붓끝처럼 날카로운 바위숲이 우거졌네
하늘땅이 더가까워 저승온듯 속세멀어
황산밤길 골깊어서 돌아갈길 나모르네


## 398. 세상살며 푸른하늘

세상살며 푸른하늘 날덮은줄 몰랐으나
산끝서니 높던하늘 천장처럼 내려왔네
두팔올린 손가락끝 행여닿아 빗물터져
손바닥안 그물어찌 다받아서 담아내리

## 399. 백이두보 머리좋아

백이두보 머리좋아 글좋은줄 알았더니
황산절경 나도보고 마음절로 옛님같네
글못써도 좋은풍광 마음알고 쿵쾅대니
어히실로 보지않고 말로듣고 눈감으리


## 400. 세상티끌 몸씻고져

세상티끌 몸씻고져 광양정에 높이올라
세상본것 잊었어도 담긴생각 못놓았네
사는동안 다시오기 두번없어 나는울고
말없는산 날보내며 잊으라며 구름덮네

## 401. 치운듯이 산봉우리

치운듯이 산봉우리 구름속에 사라지고
눈뜨고도 절경못봐 소경눈이 따로없네
추측으로 숨은비경 어찌감히 그려보리
짙은구름 벗겨진뒤 부끄러운 일않으리


## 402. 황산암벽 천길벼랑

황산암벽 천길벼랑 세월너는 어찌올라
솟은바위 줄기되고 천년노송 잎이됐나
겨울보리 눈뚫은듯 구름속에 수만봉을
늙은노모 못오시니 선경어찌 떠서가리

## 403. 서해협곡 앉았으니

서해협곡 앉았으니 구름위에 절로실려
두고왔던 세상잊어 신선으로 날만드네
조각으로 팔것인가 꿈을꾼들 볼것인가
보고전한 내말모두 거짓이라 믿지않네




## 404. 물깊은듯 산봉우리

물깊은듯 산봉우리 군데군데 섬으로떠
짙은구름 물결되어 섬밀듯이 흘러가네
첨벙띄어 몸던져도 소리없이 잠길테니
소리없이 가는파도 그어디서 다시보리

## 405. 오십전에 황산올라

오십전에 황산올라 이골저골 골높은데
밤새빗물 산내려가 물결되어 산나가네
저물나가 강물되어 먼바다에 간다만은
이내몸은 산내려가 어느물결 실어갈고

## 406. 한발한발 멀어질때

한발한발 멀어질때 뒤로물길 뒤따르니
속세티끌 예하나도 둘수없는 뜻이라네
오늘이일 어찌할고 개미처럼 기어올라
속세담은 더러운말 얼마쏟아 남겼는가

# 불혹에 산을넘고
# 지천명에 삿갓쓰다

ⓒ 강산해, 2023

초판 1쇄 발행 2023년 1월 25일

지은이      강산해
펴낸이      이기봉
편집        좋은땅 편집팀
펴낸곳      도서출판 좋은땅
주소        서울특별시 마포구 양화로12길 26 지월드빌딩 (서교동 395-7)
전화        02)374-8616~7
팩스        02)374-8614
이메일      gworldbook@naver.com
홈페이지     www.g-world.co.kr

ISBN   979-11-388-1584-0 (03810)